## DU MÊME AUTEUR

*Aux Éditions Gallimard*

LE DON DES MORTS.

PASSAGES DE L'EST.

LE PRINCIPE DE RUINE (« L'Un et L'Autre »).

LES TROIS MINUTES DU DIABLE (« Folio », *n° 2879*).

VIOL (« Folio », *n° 3189*).

D'AMOUR (« Folio », *n° 4188*).

DIEU.COM (« hors série Littérature »).

LA FRAGA (« Folio », *n° 4517*).

QUAND MÊME (« Le Manteau d'Arlequin », 2).

CASTOR DE GUERRE.

*Aux Éditions Flammarion*

PAYSAGE DE RUINES AVEC PERSONNAGES.

LE VOYAGE D'AMSTERDAM OU LES RÈGLES DE LA CONVERSATION.

*Aux Éditions Hachette (P.O.L.)*

LES PORTES DE GUBBIO (repris dans « Folio », *n° 2758*).

*Aux Éditions P.O.L.*

UN PRINTEMPS FROID (repris dans « Folio », *n° 4424*).

LA VIE FANTÔME (repris dans « Folio », *n° 4187*).

CONVERSATIONS CONJUGALES.

ADIEU.

*Aux Éditions Autrement (« Les Villes rêvées »)*

ROME.

*Suite des œuvres de Danièle Sallenave en fin de volume*

# « NOUS, ON N'AIME PAS LIRE »

DANIÈLE SALLENAVE

# « Nous, on n'aime pas lire »

nrf

GALLIMARD

*Pour Chrystel et Marie-Pierre, professeurs de lettres au collège de la Marquisanne à Toulon.*

*Pour leurs élèves des classes de troisième 2 et troisième 3 (2007-2008).*

*Qui que vous soyez qui voulez cultiver, vivifier, édifier, attendrir, apaiser, mettez des livres partout.*

VICTOR HUGO

À trois reprises durant le premier semestre de l'année 2008, je me suis rendue au collège de la Marquisanne à Toulon *justement pour ça* : parce que les élèves de troisième n'aiment pas lire. Parce qu'on en est depuis quelque temps absolument obsédé. Parents : « mon fils (ma fille) n'aime pas lire » ; professeurs : « les élèves ne lisent pas », « les élèves n'aiment pas lire ». Qu'est-ce qui, là-dedans, angoisse tellement les parents, les professeurs ? Des parents qui, eux-mêmes, ne lisent pas toujours beaucoup ; des professeurs que dans leur formation on a mis en garde contre des pratiques prétendument trop élitistes, dont serait la lecture ? (Il y eut même un temps où les maîtres de la réforme proclamaient que l'école doit former des « liseurs », non des « lecteurs » : on a parfois le sentiment qu'elle n'a fait ni l'un ni l'autre.)

C'est assez nouveau, ça. Soudain la question de la lecture a fait une réapparition brutale, inattendue, comme un retour du refoulé, sous ses deux espèces, le déchiffrement du texte et la construction du sens. Comme si le corps social pressentait soudain, confusément, que la fin du livre pourrait sonner la fin de la démocratie. Et qu'il était temps de se demander, comme le fait Al

Gore, le rival malchanceux de George Bush en 2000, dans son livre *La raison assiégée*, si nous n'allons pas payer très cher la mort « d'une sphère publique fondée sur l'écrit ». En somme notre sortie hors de l'espace des Lumières. D'où les innombrables stratégies mises en place pour « faire lire les élèves ». Et la raison de ma présence, entre autres, dans un collège de Toulon.

La première chose que les collégiens m'ont fait comprendre, d'entrée de jeu, c'est : « Nous, on n'aime pas lire. » Accompagnée presque aussitôt d'un « nous, on n'aime pas l'histoire ». C'est clair, je suis prévenue ; c'est dit sans agressivité, mais sans nuances (évidemment ceux — ou plutôt celles — qui lisent, qui aiment lire se sont tus). C'est un peu : « lire et nous, ça fait deux ». Ou « vous ne voudriez tout de même pas qu'on aime lire ». C'est un fait ; c'est une loi ; c'est une donnée naturelle — c'est-à-dire sociale. Et collective : c'est le groupe qui n'aime pas lire, pas les individus. Nous, élèves d'un collège en difficulté, notre principale caractéristique, c'est « on n'aime pas lire ». Et il y aurait beaucoup à dire aussi sur le lien entre « on n'aime pas lire » et « on n'aime pas l'histoire ». Peut-être que ce n'est pas sans rapport. Peut-être que, sous un certain angle, c'est la même chose : on n'aime pas ce qui ne se voit pas et doit être imaginé, soit parce que c'est du passé, soit parce que c'est du fictif.

Alors on cherche : que faire, comment faire ? Depuis quelques années déjà des écrivains vont « en résidence » dans des classes de collège, de lycée. J'ai toujours regardé cela avec réserve ; je n'ai jamais été vraiment persuadée que cela pouvait changer véritablement le rapport des élèves aux livres, à la lecture. On me dit : mais si ! là où les élèves s'ennuient, et n'aiment pas lire, c'est quand il s'agit d'écrivains du passé, d'écrivains morts et enterrés ! Voir un écrivain vivant fait toute la différence ! Je ne sais pas. Est-ce qu'un écrivain n'est pas toujours vivant *dans ses livres* ? Oui, mais c'est tout de même mieux de le voir en chair et en os ! Mais la chair et les os d'un écrivain, ce sont ses mots, et ses phrases…

L'esprit malin qui me fait douter ne m'a pas empêchée cependant de rejoindre la grande opération nationale montée fin 2007 pour essayer de combler ce fossé qui sépare les collégiens des livres. Opération lourde et coûteuse, médiatique, politique même : faire parrainer une classe de troisième par un écrivain. Manière de jeter de la poudre aux yeux, de remuer beaucoup d'air pour masquer les difficultés qu'on ne se donne pas les moyens de résoudre ? Peut-être : mais tout ce qui peut être pris est bon à prendre. Si la rencontre d'une classe et d'un écrivain peut en amener, ne serait-ce qu'un seul, à regarder les livres d'un œil moins hostile, alors c'est ça de gagné. (On voit que je n'ai pas peur de me contredire.) J'ai donc rejoint le groupe de quelque trente écrivains qui s'engageaient auprès d'une classe de troisième d'un collège « ambition réussite » : la classe lirait (étudierait) un texte de lui et, ensuite, on verrait. Moi, je savais déjà ce que je voulais : deux choses complémentaires. D'un côté, je voulais voir évidemment en quoi ma présence, nos rencontres allaient pouvoir les aider ; de l'autre, je me disais qu'eux aussi pouvaient m'aider. M'aider à quoi ? À comprendre ce que c'est que lire ; pourquoi cela ne va pas de soi ; et qu'est-ce qui se passe quand on ne lit pas, quand on n'aime pas lire. Et puis, tout cela, je le voyais au fond comme une chance que je me garderais bien de ne pas saisir : celle de pouvoir entrer dans un collège et de me faire ainsi, même très brièvement, une autre idée de la vie qu'on y mène. Afin d'y voir peut-être un peu plus clair et de sortir des stéréotypes habituels : « c'est l'enfer » ou « c'est exaltant, je m'y ressource ».

Mais en même temps, qu'est-ce que deux, trois séances ? Quel contact peut-on nouer ? Vraiment, je voudrais les aider, mais en quoi, comment ? C'est une autre paire de manches. Puis-je imaginer d'être comme cette voix que saint Augustin entend par-dessus le mur d'un jardin et qui lui dit (et il s'exécute) : *Tolle et lege,* « Prends et lis » ? Et est-ce qu'il est juste, aussi, ce pressentiment confus que je n'ai jamais pu m'empêcher d'avoir ? Que c'est aussi une affaire de confiance : vous devez me croire, je vous le dis, prenez-le, prenez ce livre car, comme dit le fabuliste, « un trésor est caché dedans » ?

... Finalement on m'a donné deux classes à parrainer. Et ma première chance, c'est que j'ai eu aussitôt l'impression d'un accord total avec leurs deux jeunes professeurs « de français » — on ne dit plus « de lettres » et je le regrette. (Car « le français » qu'on enseigne à de jeunes Français, ce n'est pas seulement une langue ; c'est aussi une culture et qui s'est, entre autres, incarnée dans des textes. De là vient que je réprouve l'usage pour ce faire des méthodes de l'enseignement du français langue étrangère, le trop fameux FLE.) D'un accord donc avec mes deux jeunes collègues sur cette question de la lecture : pas de surestimation de la lecture — du genre « qui ne lit rien est perdu » ; pas de sous-estimation non plus — du style « on peut très bien s'en passer et réussir parfaitement dans la vie en ne lisant rien ». Non, mais une entente complète, sur le thème, *lire ça aide à vivre*. Pas seulement à parler et à écrire sa propre langue le mieux possible, mais aussi à penser, et à rêver, et à imaginer, et à ouvrir au fond de soi quelque vanne invisible. (On n'en arrive peut-être pas tout de suite à la formule de Kafka selon qui le contact des œuvres « doit être une hache qui brise en nous une mer gelée ». Je cite de mémoire.)

La question redoutable demeurait : qu'est-ce que je vais leur donner à lire, à ces (bientôt à « mes ») élèves ? Quelque chose de court, ça va de soi. Une nouvelle ? Finalement j'ai opté pour une pièce de théâtre que j'avais écrite il y a près de vingt ans, parce que c'est un texte relativement bref, et aussi parce qu'elle met en scène des adolescents, des adolescents d'un autre temps. En me disant : peut-être qu'ils auront envie à leur tour d'écrire des dialogues ?

C'est ce qu'ils ont fait. Revu, relu, retravaillé, l'ensemble de ces saynètes a donné une grosse brochure de quatre-vingts pages. Qu'ils ont illustrée. Qu'ils m'ont offerte cérémonieusement, fièrement. Tous n'y ont pas contribué ; ceux qui l'ont fait y ont mis de l'entrain, de l'humour. Après avoir dit : mais je n'ai pas d'idée ! mais ma vie n'est pas intéressante ! ils ont joué le jeu ; joué avec le titre de ma pièce, avec le thème de certaines scènes. Le vieil homme silencieux qui apparaît sans crier gare au détour d'un couloir et disparaît de même les a plongés dans des gouffres de perplexité ; il réapparaît plusieurs fois chez eux sous d'autres formes. Nous n'avons pas eu le temps de mettre ces textes en scène. Mais la plupart ont été lus le dernier jour, mieux que lus, joués. La brochure a été distribuée, diffusée, est-ce qu'ils l'ont montrée à leurs parents ? Quelques-uns. Qu'est-ce que les parents ont dit ? Pas grand-chose. Et aucun n'est venu, aucun père, aucune mère à la lecture finale de leurs travaux. Ce n'était pas la bonne heure. Peut-être. Mais tout de même. Cet ensemble de textes en dit tellement long, sur eux, sur leur vie, sur leurs espoirs ! Sur ce qui les fait rire et sur ce qui leur fait peur. Ce n'est plus le stade du miroir, mais c'est tellement important, à cet âge encore, de recevoir un encouragement, un écho bienveillant, une marque d'attention.

C'est pour cette raison que j'ai eu à mon tour envie d'écrire ce que m'ont inspiré nos rencontres : ainsi ils m'auront fait écrire autant que je leur avais fait écrire ces courtes scènes. Il y a un principe d'égalité là-dedans qui s'est imposé à moi, et qui m'a paru très juste, pas forcé, véritable et vécu. C'est ce que j'ai appelé dans ma préface au petit recueil de leurs textes « la grande chaîne des mots ». La chaîne des mots qu'on lit et des mots qu'on écrit pour les donner à lire. Elle n'a pas de début, cette chaîne, elle n'a pas de fin. On y entre comme dans un jeu, comme dans une danse, il y a de la place pour tout le monde.

Je les ai vus trois fois : en février, en avril, en juin. C'est un très court séjour que j'ai fait là-bas, dans ce pays lointain, un collège, un pays où ne vont pas beaucoup les écrivains en général, mais pas non plus les spécialistes de didactique... J'y suis allée telle que je suis. Sans a priori. Avec le sentiment constant que je ne devais pas tirer des conclusions trop rapides à partir d'une aussi mince expérience. Mais c'était un voyage, et c'est toujours ainsi, quand on voyage. On rate beaucoup de choses, on généralise trop vite. Mais en même temps, il est vrai aussi que beaucoup de vérités se dévoilent dès le premier coup d'œil. On a pris des notes. Au retour on les reprend, on retravaille, des souvenirs se réveillent, des choses à quoi on pensait depuis longtemps et auxquelles le voyage redonne vie. Et justification. Volent en éclats bien des idées toutes faites, quelque chose apparaît, qui est de l'ordre de la nécessité ; comme l'état d'un pays, de ses habitants, s'impose, irréfutablement, au premier regard sur son paysage. Plus tard, le souvenir, les anecdotes, ce mélange de témoignage et de réflexion, ça donne un carnet de voyage. Ce qui suit, c'est exactement ça : le carnet de mon voyage à la Marquisanne. Les citations en exergue des chapitres sont tirées des textes des élèves.

# *Jésus*

> LE GÉNIE : Qui t'a dit comment m'invoquer ? Et puis qui es-tu ?
> MAHMOUD : Oh là là ! Je suis Mahmoud le Bon et je ne t'ai rien demandé. Et personne ne m'a dit comment te faire venir. Arrête un peu tes blagues.
> LE GÉNIE : Moi, je suis le génie malicieux de la Beaucaire.

Quelque temps avant ma première visite au collège, Jésus est monté sur le toit du gymnase et a crié très fort qu'il allait sauter. Pas pour se tuer : mais pour montrer à tout le monde qu'il était capable de voler. Parce qu'il se prenait pour Jésus et se savait donc capable de le faire. Pourtant, Jésus, le vrai, celui de la légende, a refusé de se lancer dans le vide quand Satan (le « Sheitan » dans le Coran — dans un des textes que « mes élèves » ont écrit, il fait un bref passage) l'a provoqué, en haut d'une montagne près de Jéricho. — Ils croiront tous en toi, lui promettait le diable, vas-y, tu ne risques rien, je suis là, vas-y, saute, ces pauvres types n'attendent que ça, un miracle. Jésus a refusé, et il a bien fait.

Le nôtre aussi finalement, qui est en quatrième, il a décliné l'offre de Satan. Pourquoi, on ne sait pas. Il avait un copain avec lui, « pas beaucoup mieux dans sa tête » dit-on, mais qui l'a quand même retenu par son T-shirt. Ça n'aurait d'ailleurs pas suffi s'il avait pris un grand élan ; peut-être qu'il n'en avait pas tellement envie. Qu'il préférait sa vie ordinaire à celle d'un dieu — ou de fils d'un dieu, ce qui pourtant n'est pas si mal. Parce que sa vie à lui n'est pas si ordinaire que ça : à quatorze ans, il a déjà deux affaires assez spéciales sur les bras... À moins que ce soit pour oublier ça qu'il lui est venu à l'idée de sauter. Car de deux choses l'une. Ou bien il s'écrasait en bas et on n'y aurait plus tellement pensé. Ou bien il s'envolait, et alors, raison de plus de tout oublier.

## *Ce qu'il aurait vu...*

> BOYGA : Qu'est-ce que tu fais, demain ? Moi je vais à la plage avec mes parents et mes frères et sœurs.
>
> CÉDRIC : Ah, c'est cool ! C'est bien, je voudrais bien aller un jour à la plage et voir la mer.
>
> BOYGA : Pourquoi ? tu n'es jamais allé à la mer ?
>
> CÉDRIC : Non, jamais, car mes parents ne veulent pas.

Ce qu'il aurait vu, Jésus, en s'envolant, c'est le dessus du collège, et le quartier de l'Escaillon, par où on pénètre dans Toulon en venant de Marseille après Ollioules. Pendant longtemps l'Escaillon (les anciens ne prononcent pas le *s*), dont le nom vient d'écaille, éclat de rocher, c'était un quartier de carrières (d'où son nom), coupé d'une rivière et d'une voie ferrée. Au milieu des champs, des jardins, une décharge publique ; juste au-dessus de quoi, en 1962, on construira pour les rapatriés d'Algérie la « barre » de Pontcarral où Jésus et la plupart des élèves habitent aujourd'hui. Leurs parents et leurs grands-parents viennent aussi de l'autre bord de la Méditerranée, mais avec une tout autre histoire : ce sont des Arabes.

Il n'y a plus de champs d'oliviers ni de jardins maintenant et, si Jésus avait volé, il n'en serait pas revenu de découvrir comme aplatis dans la chaleur et la poussière ce qu'il voit tous les jours en sortant du collège : la rue qui descend entre les massifs dépassant des murs, et qui sent le thym, la poussière et la pisse de chat, le carrefour, le petit pont au-dessus de la voie ferrée, puis la grande rue qui descend vers le centre-ville, laissant la cité à droite et, au feu, les mères voilées qui crient à leur marmaille d'attendre pour traverser. Comment aurait-il volé, on se le demande. Couché à plat ventre comme Superman, un bras tendu, l'autre plié, les deux poings serrés ? Peut-être. Ou les mains ouvertes, comme quand on nage ? On ne sait pas, d'ailleurs peut-être que Jésus ne sait pas nager. Pas dans la mer en tout cas. Beaucoup d'élèves du collège ne sont jamais allés à la mer qui n'est pourtant pas bien loin. Mais on se doute qu'une fois qu'on peut voler, tout devient facile, un coup de talon et hop ! on monte, un geste du bras, et on pique. Il a le choix, derrière, juste au-dessus, c'est la montagne, il va falloir donner un sérieux appel pour ne pas se la prendre de plein fouet, avec tout ce calcaire blanc qui fait mal aux yeux, et la couronne de végétation en haut comme des cheveux verts sur les grandes figures solennelles de pierre. Devant, juste en bas, c'est la mer. Ça alors, Jésus n'aurait jamais cru ! De là-haut, la mer ne ressemble pas du tout à de l'eau, on dirait plutôt une belle carrosserie métallisée bleue, et qu'est-ce qu'ils vont penser, les autres, dont Sélim, en le voyant piquer vers la mer qu'il n'a jamais vue ? Il n'a jamais vu la mer, lui non plus, Sélim, il faut bien s'en souvenir même si la cité est à, quoi ? maximum un kilomètre quatre cents de la côte, mais on ne sort pas comme ça de la cité, ce n'est pas qu'il y ait grand-chose à y faire, mais c'est tellement accaparant tout ce temps qu'on passe à ne rien faire, à se demander si on va sécher le collège, à glander, à se chercher, à chercher encore autre chose, à parler du foot, à jouer au foot, à se moquer des filles parce qu'elles ne comprennent rien au foot, à chercher partout ceux qui ont dit qu'on allait flanquer la pile à ceux qui ont dit qu'on n'oserait pas, où ils se cachent, putains de leur mère, et finalement on ne les retrouve pas, et on passe à autre chose.

De toute façon, il n'a rien vu de tout ça puisque finalement il n'a pas volé. Même pas sauté.

... Fiction, réalité, cette histoire ? Un mélange. Lors de mes premiers pas au collège, et sur le chemin qui y mène, à partir des bribes de renseignements que je puise auprès de ceux qui sont venus m'accueillir, je ne peux m'empêcher d'imaginer leur quotidien, leur vie. Et maintenant, l'histoire de Jésus, que je n'ai pas sue tout de suite, se projette au début de ce récit, elle se glisse comme un exergue, un avant-propos à ce que je vais raconter. J'essaie d'imaginer ce que les autres élèves en auraient pensé en arrivant au collège le lendemain matin. Cela m'a rappelé une autre histoire, d'une autre banlieue, il y a longtemps, un vieux avait sauté d'une fenêtre du huitième, côté jardin, enfin, c'est pour dire qu'il y avait alors de la pelouse, de la terre, disons que ce n'était pas encore bétonné, ses jambes s'étaient enfoncées dans le sol, j'te promets, elles se sont cassées net quand on l'a retiré. C'était qui ? Un vieux, et les gens haussaient les épaules. C'était quand ? T'en fais pas, t'étais pas née.

... Comme pour apprivoiser les lieux, les alléger aussi, par la fiction, la mémoire et l'invention.

# *Allers-retours*

> MARIE : Lucie, t'as eu combien en moyenne générale au premier trimestre ?
> LUCIE : J'ai eu 11,5.
> MARIE : C'est mieux, je me rappelle en primaire, t'avais moins de la moyenne.
> LUCIE : Et toi, t'as eu combien ?
> MARIE : J'ai eu 15 de moyenne générale.
> LUCIE : T'es toujours sérieuse !

Ces filles « sérieuses », ces enfants « difficiles » des collèges, est-ce que j'avais jamais pensé à eux toutes les fois où, dans les années précédentes, j'avais séjourné à Toulon ? J'avais toujours traversé ce quartier sans m'y attarder, pressée d'y entrer ou, si j'en sortais, de gagner Marseille ou Ollioules. Quand on a donné aux écrivains participants leur affectation, et leur feuille de route, le nom du collège, la Marquisanne, ne me disait rien ; pas plus que celui du quartier, l'Escaillon, plus rude, qui fait moins rêver. (Depuis j'ai appris que « la Marquisanne » n'est pas seulement le nom du collège, que c'est aussi celui d'une maison de retraite.) C'est un des quelque deux cent cinquante collèges « ambition réussite » — qui relèvent tous de la catégorie « zone d'éducation prioritaire » — pour lesquels on a voté d'énormes moyens, développé des projets, accordé un encadrement supplémentaire. Bref, on y a mis le paquet, comme on dit. Je suppose que cet accent triomphaliste a fait grincer des dents, que, pour beaucoup, ambition réussite ou zone d'éducation prioritaire sont des synonymes de difficultés en tout genre, peut-être même qu'on en parle avec des airs entendus.

Il a été prévu que nous devrions nous rendre trois fois dans l'année au collège. J'ai fait aussitôt mon programme : première fois, février, prise de contact, questions diverses ; la deuxième, avril, entre-temps j'aurai reçu leurs premiers travaux ; la dernière, juin : c'est bien peu, et bien court. Février : je sors de chez moi à 7 h 30. Jour d'hiver très brumeux sur le bassin de l'Arsenal, la rue de Bercy est pleine de piétons pressés qui regardent droit devant eux. La gare de Lyon est plutôt bondée côté banlieue et même grandes lignes. Le train part juste à l'heure, 8 heures et quelques, ce n'est pas si tôt, mais je ne m'étais pas couchée de bonne heure, et je me sens fatiguée. À peine a-t-on démarré, un quart d'heure à peine, et le train s'arrête. Silence, aucune information. Et il ne redémarre pas. Au bout d'un long moment, on nous dit que c'était une panne d'aiguillage, qu'on allait prendre la voie de (je n'ai pas entendu : délestage ?), en tout cas, qu'on aurait quatre heures de retard minimum. Personne ne proteste, tout le monde a l'air habitué. Je m'aperçois alors que je n'ai pas le numéro du collège. Ni celui du portable du principal. Comment vais-je les prévenir ? Heureusement, je suis accompagnée par un stagiaire de la Ligue de l'enseignement, partenaire de l'opération. Mais ce gros retard me contrarie, on doit venir me chercher à la gare, je dois déjeuner avec l'équipe, tout va se trouver bouleversé. Puis il y aura l'accueil des officiels, je n'en ai pas trop envie, il ne faudrait pas que l'affaire tourne aux bons sentiments et à la façade politique. Et ensuite, on commence. Quoi ? Je ne sais pas très bien. J'imagine les élèves massés dans la salle de sport, ou dans la salle polyvalente (s'il y en a une) ou à la BDC, est-ce qu'on dit comme ça ? Ou au CDI plutôt. (De mon temps, on disait la « bibal ».)

Puis le haut-parleur lâche une musique sur trois notes, et une voix dit, finalement non, l'aiguillage a été rétabli, on n'aura que trois quarts d'heure de retard. Autant dire rien. Tout autour de moi, tout le monde a branché son ordinateur, j'essaie de lire sur les écrans, ce ne sont que tableaux et colonnes de chiffres. Je ferme les yeux, j'ai un peu d'appréhension, pas beaucoup, mais je me sens bien, à glisser silencieusement dans ce fourreau d'air brassé, de verdure, de nuages bas. Et je suis contente de me retrouver dans une école, j'aime les écoles, de tout niveau, je me souviens de mon émotion la première fois que j'en ai vu une de plein air, dans le nord de l'Inde, les élèves écrivaient à la craie sur le haut mur d'un ancien bassin pour éléphants.

L'appréhension me revient par bouffées. Ce que je redoute, ce n'est pas l'accueil des élèves, leur indifférence me peinerait mais elle ne me blesserait pas. Leur hostilité, davantage, mais je n'y pense que fugitivement. Non, ce qui me fait peur, c'est que je puisse intimider leurs profs. Mon âge d'abord (elles sont toutes deux très jeunes). Le côté officiel de la mission (il y a le ministère, et la présidence, derrière, ce qui fait que certains profs sont résolument contre, je ne les verrai pas beaucoup, j'aurais peut-être réagi comme eux à leur place). Et ce statut d'écrivain, qui est officiellement le mien, et qui correspond à quoi, exactement ? À un certain nombre de livres publiés ? À une expérience ? À une image sociale ? Et puis je l'ai dit, au fond, je n'y crois pas tellement ; pourquoi la vue, la venue, d'un écrivain vivant donnerait-elle à ces enfants (il va falloir que je m'y habitue, que je dise comme tout le monde : à ces gamins) l'envie et le goût de lire ? Moi qui ai toujours mieux aimé les écrivains morts que les écrivains vivants ! D'ailleurs, quand j'avais leur âge, je ne savais même pas que ça existait, des écrivains vivants. J'entendais leur voix dans les livres mais je ne pensais jamais à eux. Et je continue de penser pareil : un écrivain n'est ni mort ni vivant, il est dans ses livres. Tous les auteurs sont nos contemporains, puisque nous les lisons. Comme dit Descartes, la lecture est une conversation qu'on mène avec les meilleurs esprits de tous les temps...

À Lyon, pendant l'arrêt, je prends une photo du TGV arrêté sur la voie d'à côté, son long mufle apaisé vibrant encore le long de nous ; une lampe orangée est allumée sur ma table à côté d'un livre ouvert. Si jamais je faisais un livre de tout ça, je la mettrais sur la couverture, me dis-je. Pas seulement de cette visite-là, mais comme emblème de toutes ces rencontres que la plupart des auteurs, aujourd'hui, font avec leurs lecteurs dans des librairies, des bibliothèques, pardon : des médiathèques. Nous connaissons tous le TGV et ses lignes, ses horaires, comme notre poche. Moi, comme lectrice je n'ai jamais eu besoin (ni peut-être envie, et quand ça s'est fait, c'est pour de tout autres raisons) de rencontrer des écrivains. Au contraire même. Ça m'aurait plutôt gênée. Enfant, et même adulte.

Mais maintenant c'est autre chose. C'est comme si le livre ne pouvait plus exister, aux yeux du plus grand nombre, que soutenu par la présence réelle de son auteur. Peut-être est-ce un signe de résistance. À la distance, à l'image et au virtuel. Est-ce que ça va être la même chose, au collège ? Le déclic, donné par une preuve de vie ? J'ai peu l'expérience du milieu scolaire comme écrivain, je ne m'y suis jamais sentie bien que comme professeur. Au début du même mois, cette année, je suis allée au lycée de Tours. En leur parlant des années cinquante, de l'engagement des intellectuels, du féminisme, j'ai senti soudain que c'était pour eux des choses historiques, pas de la mémoire ou du temps récent. Du passé. Tout a tellement changé, tout s'éloigne si vite ! Une jeune Russe qu'on interrogeait récemment sur Soljenitsyne, qui venait de mourir, répondit : oh ! les jeunes d'aujourd'hui, ils préfèrent Beigbeder ! Mes « jeunes » à moi, dans ce collège dont je ne sais rien, sauf l'état de grande précarité des familles, je ne suis pas Soljenitsyne, mais qu'est-ce qu'ils vont préférer à ce que je vais leur dire et leur faire lire ?

## *Couloirs : clairs, gais, propres, plantes vertes et ventilateurs*

KARIM : Où te crois-tu ? Dans un film ?

Mais, dites voir, quel beau collège ! Ils n'ont pas lésiné (qui : ils ? On m'explique : le conseil général). Ça m'a sauté aux yeux quand je suis arrivée à bord de la Kangoo de l'administration. Une longue série de bâtiments de proportions agréables, peinture impeccable, des amandiers dans la cour qui en avril seront déjà défleuris, et un parking souterrain super pour les profs. Je me suis mordu la langue mais trop tard : est-ce que ce beau mur n'a jamais été tagué ? ai-je demandé. Voilà que les stéréotypes commencent, je ferais bien de faire attention. Si, me répond-on calmement, tout le long, mais tout a été repeint. (Ça a dû coûter chaud, mais je le garde pour moi.) En route, cependant, des questions sont venues d'elles-mêmes, des questions (ou plutôt des réponses) disons préoccupantes. Nous longeons des villas, coquettes, comme on dit, déjà fleuries ou presque, pas de la maison Bouygues, non, de vraies villas. Nous sommes tout proches du collège : — Pas un des enfants qui habitent dans ces maisons ne vient au collège, me dit le principal. Ils vont tous dans les collèges privés. — Ah. Je n'ai rien d'autre à dire. Dans ce ah bref, il y a « nous y voilà ». Et en effet, pas un moment de perdu, on est tout de suite au cœur des choses. — Et les élèves, ils habitent où ? — Là : en me montrant deux barres, que je repérerai dès le voyage suivant. Si vous voulez, on ira. Bien sûr que je veux.

Tout est clair très vite, tout se livre à livre ouvert. Ça ne veut pas dire qu'on ait les solutions, au contraire ; mais les questions, elles, n'attendent pas.

Les barres, c'est « Pontcarral », construites en 62 pour les rapatriés. Entre le cimetière et la décharge. Un ancien habitant, dans un petit film, *Mémoires de quartier*, en parle avec nostalgie ; sans se connaître mais venant tous d'Algérie les habitants avaient essayé de retrouver les façons de vivre de là-bas qui leur manquaient tant. Ils s'étaient habitués, intégrés, parfois on les rejetait, parfois c'est eux qui rejetaient les autres, pour constituer une équipe de football par exemple. Puis leur situation s'est améliorée, ils sont partis les uns après les autres ; sont alors venus les Gitans, puis les Arabes.

Quand j'arrive, tout se passe aussitôt à merveille : le principal est rond et extrêmement sympathique, mes deux profs (car j'ai deux classes à voir), juste intimidées comme il faut, et vous allez voir, me dit le principal, on mange rudement bien à la cantine ! Self-service, du choix, dessert (spécial pour nous) servi dans la salle à manger des professeurs. Je me souviens que, dans mon premier poste, à Beauvais, les agrégés ne mangeaient pas à la même table que les certifiés. C'était avant 68 — autrement dit, la guerre de Trente Ans. Tout de même, on revient de loin.

## *Comme une menace pourtant*

> LE TURC : C'est bon ! Je vais le massacrer ! Ce n'est pas un baba cool, c'est le Sheitan !!

Qui parle de massacrer ? Il n'y a pas plus clair, plus aimable que cette belle cour en pente, que ces couloirs bien éclairés, ces portes propres, ces salles de cours, ces bureaux agréablement fournis en plantes vertes et reproductions de qualité. Un peu surprenantes, aux heures, les notes de Big Ben : il paraît que chaque collège a son jingle spécifique, un autre, c'est la Cucaracha. Je crois que je préfère Big Ben, même s'il me rappelle le carillon Westminster sonnant lugubrement chaque quart d'heure dans les froides et tristes salles à manger de mes tantes au milieu des années cinquante. (Pour rattraper, j'essaie de me souvenir de *La Belle Équipe* et de l'accent du prolo découvrant son cadeau de mariage, Ah, dis donc, mince, un carillon Vaissmunstère ! On est fier dans ces années-là, celles du Front populaire, de ne pas savoir les langues étrangères.) Les élèves me regardent mais sans curiosité excessive, et me saluent de

Bonjour Madame ! retentissants quand je les retrouve au CDI. D'abord nous avons vu l'expo sur la préhistoire préparée par les quatrième dont le clou est un mammouth grand comme un (petit) cheval, ce qui n'est déjà pas peu impressionnant.

Tout cela va me frapper beaucoup, lors de mes trois visites, au total cinq jours, pas tous au collège mais dans des écoles, des bibliothèques : la place énorme que tient le travail artistique, réalisations diverses, affiches, objets, qui mettent partout de la vie animée — peut-être avec quelque chose d'un peu forcé ? Comme si en même temps on songeait à cacher quelque chose. En tout cas, ce type d'établissement est complètement différent de l'image que j'ai gardée des écoles de mon temps, avec leurs cartes de géographie et leurs couloirs bordés de portemanteaux. Et c'est encore bien plus marqué dans les classes élémentaires que je verrai la fois suivante : pas un pouce de mur sans un dessin et des formes vivement colorées. Presque trop pour moi, qui ai une idée quasi protestante de la salle de classe, et qui voudrais n'y voir que des objets de science ou de savoir, avec même sur des étagères des cornues ou des poids et mesures… En tout cas, il y a partout des ordinateurs, des écrans, on est bien au XXI$^{e}$ siècle.

Big Ben a retenti, les officiels sont partis, j'ai dit trois mots de convention, je retrouve ma première classe pour deux heures.

Ce ne sont pas les meilleures pour moi, parce qu'ils n'ont pas encore tous lu le texte que je leur propose, et me posent des questions sur le métier d'écrivain, est-ce que c'est vraiment nécessaire pour lire, pour aimer lire ? Bien entendu je m'efforce de répondre même si, à mes yeux, l'essentiel est ailleurs. Toute cette façade extérieure, sociale du « métier d'écrivain » est source de malentendus — ce n'est pas ça, me dis-je, qui va les aider à améliorer leur connaissance, leur usage, leur pratique de la langue écrite et orale. Ni à faire marcher leur imagination, leur puissance de rêve, cette puissance qui est en chacun de nous, et que la télévision capte et pervertit. Donc j'ai des doutes : je suis au fond de moi persuadée qu'on acquiert toutes ces « compétences », comme on dit aujourd'hui, d'abord par des exercices scolaires, dont un professeur a la charge, exclusivement. J'ai terriblement peur de servir d'alibi, de passer à côté de l'essentiel, de creuser le fossé qui probablement déjà nous sépare. (Je n'en imagine ni la nature ni la profondeur.) Ce sont des élèves avant tout, me dis-je, et je ne suis pas leur professeur, point. Qu'est-ce que je fais là ? Qu'est-ce que je peux dire, leur donner, leur transmettre ? En quoi un écrivain peut-il, en leur parlant de son travail de chaque jour, leur donner ce fameux « goût de la lecture » qu'on s'ingénie par tous les moyens à faire naître ? Après cette première séance, très vite, du reste, je ne me verrai plus tellement comme « écrivain » mais comme professeur associé — même si je n'ai jamais enseigné « en » collège. Et même, plus profondément, ce que je retrouve au fond de moi, c'est ce que j'ai vu et entendu dès ma plus petite enfance, les souvenirs de l'école primaire d'avant, son esprit. Je me sens parfaitement libre et aisée devant ces élèves de treize ans, quatorze ans, comme si je retrouvais d'emblée l'attitude libre et aisée — mélange d'autorité et de confiance — des instituteurs d'autrefois, longue lignée dont je suis issue.

Mais en attendant, il faut passer par le rituel. Ce qui importe, j'en ai bien conscience, ce n'est pas seulement le contenu de mes réponses, mais le ton sur lequel je les fais; ma façon d'être devant eux, de me présenter à eux. Je ne cherche pas, je trouve tout de suite. C'est simple : il s'agit seulement de prendre très au sérieux la question qu'on me pose, et d'y répondre en conscience, en vérité, sans souci de représentation ou d'image. Ce sont des questions justes, mais la justesse de la question, elle est aussi dans la façon d'y répondre. Première question (normal quand chaque travail écrit est vécu comme un affreux pensum) : — Combien de temps mettez-vous pour écrire un livre? dit un garçon. Je cherche une moyenne, bien que les choses soient très différentes d'un livre sur l'autre. — Trois ans, dis-je un peu au hasard. L'un d'eux se rejette en arrière dans sa chaise, la bouche ouverte sur un cri de stupeur exagérée. J'explique : pas trois ans vingt-quatre heures sur vingt-quatre! Mais je suis contente, ça me permet de dire qu'un texte ne sort pas tout fait de la tête (ou de la main), qu'on le travaille et qu'on le retravaille. Ce mot suscite incrédulité et, clairement, chez certains, dégoût.

Curieusement, ils ne me parlent pas trop de la télévision. Je ne suis pas un auteur qu'on voit tous les jours à la télévision, et je ne m'en plains pas, mais j'ai d'abord pensé que ça pourrait me nuire auprès des élèves; que peut-être ils sont exactement comme le marchand du coin ou telle amie de votre mère : vous n'êtes un écrivain que si et quand on vous a vu à la télévision. Or dans les premières questions qu'on me pose, cela ne revient pas souvent. Sans doute parce qu'ils ne regardent pas tellement des émissions où il y a des écrivains. Moi non plus, on est pareils. Pour les autres questions, je mets la même liberté dans mes réponses, et le même souci de vérité. Je m'aperçois que ce qui m'est si familier (l'occupation essentielle de mon temps depuis tant d'années) ne doit absolument pas être mal compris, ou mal interprété : ce qui m'est précieux dans ce « travail », ce n'est pas sa visibilité ou ses récompenses sociales. C'est sa régularité, l'effort continu avec ses brusques accélérations quand ça marche, et finalement la joie qu'il procure ; même joie que dans la lecture, celle d'être tout entier « hors de soi ». Tout à fait comme dit Aristote dans l'*Éthique à Nicomaque* (que je me garde de citer, ce serait ridiculement pédant) : le travail intellectuel porte en lui-même sa récompense.

Est-ce que je peux leur communiquer ça ? Cette joie-là ? Pourvu qu'ils ne le voient pas, me dis-je, comme quelqu'un qui s'exhibe sur des tréteaux, qui fait parade de son « talent ». Ce n'est pas que mon image m'importe tellement mais autant éviter celle-là. Je ne cherche pas à ce qu'ils se disent tous : tiens, mais moi aussi je pourrais être écrivain, comme une étiquette sociale, mais à ce qu'ils se disent : être dans la danse des mots, c'est bon. Ce n'est pas du social, c'est de la force intime, ça ne vous sépare pas, ça vous relie davantage.

Les autres questions concernent l'édition, les tirages, la vente, les articles des journaux. J'essaie de ramener toujours à l'essentiel : écrire des livres, c'est continuer à lire sous d'autres espèces. Si j'écris ? Et pourquoi j'écris ? Parce que j'aime lire. Ça n'est pas forcément une bonne réponse mais, tant pis, c'est la vérité. Ils ne m'ont pas caché la leur : Nous, on n'aime pas lire. Je n'ai répondu ni : Oh ! comme c'est mal ! Ni non plus : Mais voyons, personne n'est obligé ! On a le droit de ne pas lire ! J'ai seulement dit : Ah bon ? Pourquoi ?

Personne n'a su me dire.

Je sors épuisée vers 5 heures et on me ramène à la gare. Dans le train, je me tourmente beaucoup. Je n'ai rien vu, me dis-je, je ne verrai rien, je viens me montrer or c'est tout le contraire que je veux, je veux qu'ils se montrent. Je sens qu'il y a quelque chose derrière la façade. Mais quoi ? Quelque chose de menaçant ? En un sens. Mais de quelle violence s'agit-il ? Une violence personnelle, une violence sociale ? Ou la mise en cause, à mes yeux violente, de tout un système de savoir, d'apprentissages, de connaissances, de culture même, qui est en train de disparaître ? Et à quoi je tiens, non comme on tient à quelque chose de dépassé, de nostalgique, de muséographique, mais comme à une vraie valeur vivante. C'est ça qui est fini. Des professeurs, jeunes ou moins jeunes, qui ont l'expérience du collège me diront : ça se passe bien, ça peut se passer bien. Mais il faut renoncer à tout ce qu'on attendait, et entendait, de la transmission de « certaines choses ». Lesquelles ? Celles qu'ils ont, que nous avons connues ? Oui. Et il faut même renoncer à l'idée que sous d'autres espèces, avec d'autres méthodes, on pourrait continuer de les transmettre. Alors que reste-t-il ? La mise en place d'épuisantes stratégies, de ruses infinies pour déjouer la défiance, inventer des séquences ingénieuses pour les intéresser, et on les intéresse. On parvient même à leur faire lire des textes, et même à faire de la grammaire...

Mais je pense surtout, dans le train, à la réalité d'une vie dont je ne sais rien, quelque chose de dur et de vrai, des luttes, des triomphes, des défaites, dont ils sont faits, dont ils sont le produit. Et moi j'arrive avec mon petit texte d'enfants sages des années cinquante (il se passe dans le milieu de ces années-là). Naturellement la vie difficile dans un quartier difficile n'est pas plus « vraie » que la vie aisée dans un quartier aisé. Ce qui est vrai, c'est l'existence des deux, qui s'ignorent, et la violence du contraste entre elles.

Quelques jours plus tard, je visionne le DVD *Mémoire des quartiers*. Dans le film, les « anciens » comme on dit, cette jovialité municipale sonne archaïque et faux, parlent de la « gentillesse » qui régnait alors (alors, c'est fin des années trente, juste avant la guerre, puis pendant la guerre et un peu après). De la vie simple qu'on menait, l'épicerie, le café, le coiffeur pour hommes. Des fêtes de quartier, des bals. Derrière une dame qui raconte on voit des livres, dont *Le Chat et nous*. C'est un sujet qui m'intéresse. Sur le pull d'un vieux monsieur, on lit « Timberland ». Oui, le monde moderne a tout balayé. Pas seulement les champs de choux-fleurs et le bal populaire. Aussi l'injonction du père (italien) à son fils : À partir de maintenant, tu parles français, point.

## *Absents*

> CÉDRIC : Je préfère le foot car je connais des jeunes de mon quartier qui ont le bac et qui ne travaillent pas.

Il y a un mot qui revient tout le temps : c'est le mot « absentéisme ». On a toujours besoin d'un mot nouveau, d'un mot abstrait quand les choses prennent des proportions qu'on ne peut plus nier. C'est le cas lorsqu'une nouvelle maladie fait son apparition. L'absentéisme, selon les journaux, est un « phénomène » (on pourrait se demander quel en est le noumène, mais passons). Autrement dit, une chose énorme mais pas si grave que ça. Il s'agit en effet de l'absentéisme des élèves : celui des profs (qui existe aussi, paraît-il) est « un fléau ». Celui des élèves ? Un fait, rien de plus.

Ça, c'est le discours des journaux, c'est la version officielle. Celle de l'administration (du collège) est bien différente. L'absentéisme, pour elle, c'est tout bonnement une catastrophe. Combien ? Ah, à certains moments, beaucoup. Mais combien, exactement ? Ah, ça peut aller jusqu'à dix, quinze. Au total ? Non, par classe. Et des classes de combien ? Vingt-cinq. Ah, en effet. C'est ce qu'on appelle « décrocher » : c'est un mot qui mérite qu'on s'y arrête. Il fait penser à « dévisser », on voit une pente, des efforts pour la gravir, et soudain le pied qui glisse et le grand précipice qui s'ouvre en dessous. Donc, il y a des élèves qui décrochent (le contraire serait-il un élève qui *se raccroche* ou un élève qui *accroche* ?). En tout cas, un élève qui « décroche », qui commence à ne plus venir, il « raccroche » rarement. Et il fait quoi ? Rien. Il reste à la maison, ou il traîne. Si c'est une fille, remarquez, elle n'est pas inoccupée : elle s'occupe des « petits frères ». Mais tout de même, on est encore dans la période d'enseignement obligatoire, que font les parents ? On leur signale, mais ils ne prennent même pas la peine de venir. Pas même de répondre. D'ailleurs, la plupart des parents, on ne les voit jamais. Jamais ? Jamais. Même quand on leur signale quelque chose qui ne va pas ? Il faut que ça n'aille vraiment pas pour que les parents se dérangent. Par exemple ? Un enfant qui perturbe « trop » les cours (autrement, s'il perturbe seulement « un peu » ?). Un enfant qu'on va exclure. Qui a « tapé » un autre, insulté un professeur, essayé de violer une fille. Ah oui, d'accord, dis-je (d'accord avec quoi ?).

Ce sont des conversations que j'ai avec le principal, le principal adjoint, ou tel ou tel des professeurs ou chargés d'encadrement. Par exemple, N., qui était en classe lors de mon premier passage et qui ne reviendra plus, a une sœur, en quatrième, qui elle a déjà « décroché ». Elle-même était très agitée, elle a dû sortir pour calmer son fou rire. Je ne la reverrai pas. Que faire ? Comment obliger les parents ? On ne peut pas envoyer un flic dans chaque famille, dis-je, et après je le regrette. Je vais passer pour adepte de la manière forte, répressive. Mais pourquoi sèchent-ils ? (C'est un mot qu'on n'emploie plus, mais je l'emploie et les lecteurs le connaissent.) — Je ne sais pas. Telle est la réponse qui veut dire : on ne peut que faire des hypothèses. Première hypothèse : l'élève a de trop mauvais résultats et il ne veut plus entendre parler de rien. Deuxième hypothèse : dans sa classe, il n'y a pas eu de remplaçant pour trois professeurs en congé de maternité durant l'année. Certaines années, il y a eu tellement de professeurs manquants que les permanences étaient trop petites pour accueillir tout le monde. (Congés de maternité, c'est une chose à laquelle on pourrait penser, en haut lieu, étant donné la féminisation massive de l'enseignement et l'extrême jeunesse des professeurs. Mais non : la question des remplacements est un casse-tête majeur. Et pour tout dire, un drame.)

Et puis, les élèves sont pris par autre chose, ils sont dans un autre monde, dit le principal. Les pères ne travaillent pas, ou ont disparu, les mères sont accablées d'enfants, tous les élèves ou presque ont une allocation de cantine tant les difficultés économiques de la famille sont grandes.

Au-dessus de nous, la masse de la « cité » : une barre dont je ne sais rien. Je n'irai que lors de ma seconde visite. Elle a été édifiée, je l'ai dit, j'y repense tout le temps, c'est comme une tragédie historique inscrite dans le béton gris, pour loger les « rapatriés » d'Algérie ; depuis, ils se sont installés, ils ont fait leur trou, ils l'ont progressivement quittée. À leur place sont venus des Tsiganes, puis des « Arabes » et des « beurs ». Rotation typique de la précarité : dès qu'on en sort un peu, on change de quartier, remplaçant d'autres, venus avant, et qui ont progressé encore davantage. On voit ça partout. Je me souviens des bas quartiers de San Diego : même chose, jusque dans la couleur de la peau. De moins en moins de jardins, et parfois plus de jardins du tout, au fur et à mesure qu'on « descend ». Et la peau de plus en plus foncée. Le signe qu'on « monte » (à la génération suivante, et pas dans tous les cas), c'est une maison entourée de plus d'espace, et des espaces de plus en plus fleuris. Ici, à part les gamins plantés devant les cages d'escalier, il n'y a pas grand-chose d'autre qui pousse autour de la cité.

Autrefois, à l'Escaillon, il y avait aussi des étrangers, venus travailler à l'Arsenal. Des Italiens, surtout. Quelques Arabes, et même des Serbes, raconte une vieille dame. La distance sociale avec les quartiers du centre-ville était incommensurable. D'ailleurs, on n'y allait presque jamais. Pas beaucoup moins que maintenant. Sauf les femmes qui travaillaient en bas, au marché du cours Lafayette, comme revendeuses, ou parfois comme tireuses de charreton (pour apporter les légumes de la grande halle aux tréteaux des revendeurs). Mais le marché lui-même était divisé en deux : celui des riches, celui des pauvres. La différence, c'est que les « pauvres » (dont étaient les revendeuses) n'avaient pas leur langue dans la poche et joignaient parfois le geste à la parole : la bourgeoise, je lui ai balancé un choufleur et vlan ! derrière la tête. Elle n'a pas demandé son reste. Aujourd'hui, tu irais en prison ! (Mme N. éclate de rire en disant ces mots.)

## *Ce qu'on appelle une prostituée*

ALICE : Ça ne se voit peut-être pas mais, même moi, je suis timide. Mais quand je suis avec lui... je me sens toute bizarre, mon cœur bat à tout rompre et je me fiche de tout ce qui se passe autour de moi.

J'ai l'air de sauter du coq à l'âne, mais il y a une logique dans tout ça. Me revient ce qu'on m'a dit des séances que donne le planning familial. Il s'intéresse au public des collèges, et on n'a pas tort. Ignorance des mécanismes de la reproduction, insouciance devant les risques, maladies, grossesses — le sida n'est plus perçu que comme un inconvénient, une maladie passagère qu'on guérit à tous les coups. En face, il y a l'hypersexualisation du discours ambiant et de la vie : quand on prononce le mot « corps », me dit un professeur, les élèves comprennent immédiatement « sexe » (pour ne pas employer un mot plus cru). Un garçon pose à la responsable la question suivante : peut-on attraper (il a dit « choper », comme pour les rhumes et les gastros) le sida en se faisant faire une fellation par une prostituée ? Bonne question : sauf si on s'étonne qu'à quatorze ans on se préoccupe déjà de se faire faire des fellations. Comme beaucoup (et pas seulement des adolescents) il pense que tout contact sexuel est possiblement contaminant. Mais c'est le mot de « prostituée » qui m'a arrêtée. A-t-il pensé qu'une prostituée est plus dangereuse parce qu'elle a plus de rapports sexuels ? Non : par « prostituée » il a voulu dire, et il va le préciser, toute femme qui n'est pas votre femme, votre épouse.

Ah bon ! Ça va loin. D'abord c'est la vieille idée qu'il y a des choses que ne font pas les épouses légitimes, les (seules) femmes honnêtes. Et qu'il faut donc s'adresser aux prostituées si on en a envie. Ensuite, et peut-être surtout, qu'il y a pour un homme deux sortes de femmes : la vôtre, et les autres. Voilà pourquoi tant de filles, même avec d'excellents résultats scolaires, n'envisagent pas d'avenir sans mariage : car c'est comme ça. Il y a les filles qui « le » font et celles qu'on épouse. D'ailleurs, pour bien marquer la différence, certaines couvrent leurs cheveux d'un foulard quand elles ont franchi le coin de la cité. Signal reçu cinq sur cinq.

... Et la lecture dans tout ça ? Comme on se sent démuni, et pour tout dire incongru, en voulant aborder cette question paisiblement, tranquillement, avec eux, et les amener paisiblement, tranquillement, vers cette idée qu'on peut se retirer du monde quelques moments par jour avec un livre, même quand on est un enfant, surtout quand on est un enfant, un adolescent, que tout cherche à attirer si tôt, trop tôt, dans le redoutable monde des adultes ! Comment et où trouver la paix pour le leur transmettre ? Ils crient autour de moi, dans la cour, dans la rue, et c'est bien. Ils crient aussi dans la classe, et s'agitent, et là c'est moins bien : on voudrait qu'il y ait plus de différence entre ces deux moments de leur vie. Le moment de la classe devrait être celui où tout s'apaise. Comme au théâtre quand les lumières baissent et que les voix s'arrêtent dans les gorges.

## *Beurs*

MAMADOU : Comment tu te coiffes toi ? Avec un peigne ou avec les mains simplement ?

J.-B. : Avec les mains, je secoue mes cheveux dans tous les sens et ho !

MAMADOU : Ah oui, la bonne technique, mais moi je ne peux pas faire ça, j'ai des cheveux de black donc ils sont crépus, mais je pense que je vais me faire faire un défrisage pour plaire aux filles.

Ce sont presque tous des beurs. À part quelques blacks. Et quelques autres.

Nulle part on ne dit plus « beur », les beurs eux-mêmes disent « rebeus ». Peu importe : je ne suis pas en train de passer un examen de linguistique appliquée des cités, je raconte avec mes mots ce que j'ai vu ou entendu, et ce qu'on m'a raconté...

D'abord ma gêne, le premier jour : est-ce que je vais oser poser directement la question ? Je suis tellement imprégnée de cet angélisme politique ambiant — pas de statistiques ethniques pour éviter la stigmatisation

— que je marche sur des œufs : allons-y pourtant. Et (nous avons juste avant parlé des enfants de cadres qui vont dans le privé) à la cité, dis-je, ils sont, enfin, ils viennent de… ? Beurs à 75 % me répond le principal. Quelques Tsiganes, un ou deux Sénégalais, mais très mal vus. Plus de 75 %, corrige-t-il. Ou plus. Je m'en rends compte très vite, disons, aux prénoms, à l'accent, au type physique. J'ai d'ailleurs fait une bourde lors de mon deuxième voyage : retrouvant des élèves dans la cour, je les appelle par les prénoms dont je me souviens, sans faire trop de fautes, puis je dis : Ah ! Jonathan, je ne t'avais pas vu. Le groupe se tord de rire et « Jonathan » me regarde d'un air douloureux, il a pitié de moi : Madame, et sa voix grave laisse percer un reproche, madame, moi, c'est Khaled. C'est pas grave, dis-je, c'est joli, Jonathan. Madame, et le reproche est plus visible encore, j'ai une tête à m'appeler Jonathan ? Vous avez regardé ma tête ? (Elle est magnifique, sa tête, déjà la tête d'un jeune homme, d'un beur aux traits fins.) Pourquoi pas ? dis-je. J'ai l'impression que je m'enfonce, tous sourient. Mais non, voyons, Madame, c'est pas possible ! Et tous, enfonçant leur doigt sur leur poitrine, se mettent à crier leurs prénoms : Aladin, Rhida, Mahmoud et ils rient à n'en plus finir. Pas une fille n'intervient. Dans la voix grave de Jonathan-Khaled, audelà du reproche, aux limites de la douleur, il y a aussi autre chose que j'entends : le constat d'une impossibilité, la présence de quelque chose qu'on ne souhaite pas vraiment, mais qu'on ne peut pas éviter.

Et finalement, je sens bien que je ne vais pas renoncer si facilement que ça à l'idée que je me fais d'un enfant, d'un adolescent. Je vois, je sens, je pressens, tout ce qu'entraîne leur appartenance familiale, mais jamais je ne renoncerai à l'idée qu'ils sont aussi des enfants comme les autres, des adolescents comme les autres, et que le meilleur doit leur être donné.

## *Ce que je veux faire ? Pute*

> LUCIE : Quels ont été tes vœux pour l'année prochaine ?
> MARIE : C'était un bac pro secrétariat, en deuxième vœu un bac pro comptabilité, et en troisième vœu un bac pro vente. Et toi ?
> LUCIE : Moi c'était pareil, mais dans un ordre différent.

Je ne sais pas si j'arriverai jamais à l'aborder vraiment, cette question énorme de la lecture, du refus de la lecture, de ses conséquences, tant par contagion je suis aussitôt absorbée par une autre question qui se pose dès leur entrée au collège unique, et que les quatre années suivantes ne vont pas résoudre : que vont-ils devenir ensuite ? Est-ce que devant une urgence pareille on ne ferait pas mieux de renoncer définitivement à toute cette inquiétude : lisent-ils assez ? pas assez ? Pourquoi lire ? Pourquoi ne lisent-ils pas ?

Et pourtant non : il ne faut pas renoncer. Et ici moins que jamais. Ici où la situation est grave, très grave. Beaucoup en effet ne s'en sortiront pas, ne s'en sortent pas, ils ont même parfois perdu, me dit Z., vers la fin de la scolarité obligatoire, ce qu'ils avaient acquis avant la sixième ou dans les deux premières années. Est-ce la faute du collège unique, sans filières ni orientations ? Est-ce parce que la scolarité obligatoire est trop longue ? Comment pourrait-on imaginer de revenir en arrière, de réintroduire l'apprentissage ? Ceux qui, sans être pourtant régulièrement absents, ont « décroché » ne reviennent pas dans la course : les faire redoubler serait inutile, ils passent donc de classe en classe jusqu'au jour de juin qui les libère. Mais ce n'est pas la liberté de gens libres : ils sortent sans diplômes, sans formation, sans connaissance, parlant une langue qui les stigmatise aussitôt (accent et mots des cités), écrivant dans un style SMS. Ici, l'accent du Midi se mêle à l'accent des cités ; et des expressions du Midi, à la langue de Pontcarral : « en cas, je vais en parler à ma mère ». Cette question d'accent les préoccupe, ils veulent qu'il soit reconnu. Me lisant son texte, l'un d'eux me dit (c'est au cours de mon troisième passage), Madame, on n'a pas mis l'accent arabe ! Et il se tourne vers son professeur comme pour indiquer clairement qui en est responsable. C'est pas grave, dis-je, tu vas le rétablir en disant ton texte tout haut. Oui, mais tout de même… dit-il.

Les grandes perspectives — leur avenir, leur avenir ! — effraient ; la réalité quotidienne parfois rassure. Je vois bien que, dans les textes qu'ils m'ont remis, ils emploient des mots difficiles, ou peu usités. Les ont-ils trouvés tout seuls, au cours des séances de travail ? Ou avec l'aide et sous l'influence des professeurs ? J'espère seulement que ce n'est pas pour me plaire. Que c'est une vraie acquisition dont ils ont saisi la nécessité et les possibilités qu'elle leur offre. Leurs moyens d'expression ne sont pas très bons, c'est une évidence, mais ils semblent prêts à vouloir les améliorer. Bonne volonté qui devrait une fois de plus faire honte aux démagogues vantant la « créativité » des messages SMS ou l'invention dont font preuve ceux qui n'ont ni syntaxe ni vocabulaire à leur disposition...

Le retour est cependant rapide aux inquiétudes de base : car si, à l'évidence, ils ne manquent pas de créativité, d'énergie, d'inventivité — ce que nous avons fait ensemble me le prouve — cette force, qui est en eux, se heurte à des difficultés immenses qui lui font barrage. Quelles difficultés ? Toutes : une langue médiocre, une espèce de fausse honte à s'exprimer correctement devant le groupe. Ne jamais oublier où ils sont avant et après la classe : dans un environnement où la force prime la raison, où il faut sans arrêt faire ses preuves (si on est un garçon) et se défendre (si on est une fille). Faire partie d'une bande ; composer avec elle ; tenir sans cesse compte des autres. Impossible à un prof, à un éducateur d'obtenir qu'un élève s'excuse, reconnaisse sa faute devant les autres : en tête à tête, tout change, me dit l'un d'entre eux.

Par cercles concentriques, je vois se dessiner leur monde, je vois aussi que rien ne les prépare à en sortir, que tout les enferme au contraire et les boucle à double tour. La famille d'abord, lorsqu'elle existe et tient la tête hors de l'eau, ne leur fournit pas beaucoup de modèles d'arrachement, d'accomplissement, de singularisation : encore heureux si la présence des parents et une bonne entente dans la fratrie les préservent d'un monde dur, rude, sans pitié. Mais que penser de la situation de G. dont les parents sont séparés, et qui continue de voir arriver petits frères et petites sœurs chaque année, sans repérage d'un possible beau-père ? Le père a sombré dans l'alcool : elle et sa copine ont été prises l'autre jour vidant une grande canette de 8,6°. Elle a de bons résultats, elle ne décroche pas du tout, au contraire, elle va s'en sortir, si le poids qu'elle traîne derrière elle ne la freine pas trop à chaque pas. Mais les modèles, les ambitions, les projets, où les puiser ? Destin côté garçons : le rêve d'être un footballeur célèbre (pas celui de jouer au football, mais celui de parader sur les stades, les cheveux et la barbe peroxydés). Destin côté femmes : le secrétariat et le mariage. Le mariage d'abord.

Ou pute : l'une d'elles l'a écrit en toutes lettres sur sa fiche d'orientation. Que voulez-vous faire plus tard ? En toutes lettres : pute. Pas prostituée, pute. Sa mère l'est déjà. Provoc, indéniablement, mais aussi quelque chose d'autre, qui n'est pas si facile que ça à saisir…

Alors continuez, dans les journaux et sur les plateaux, honteux démagogues sans pudeur ! L'orthographe ? « Nous faisons tous des fautes », écrit l'un d'entre eux dans *Le Monde*. (Parle pour toi.) Enseigner une langue correcte ? c'est enseigner la langue de l'exploiteur, écrit un autre. J'arrête, ça m'est insupportable.

## *Cercles concentriques*

CÉDRIC : Bon, tu as une idée pour ton avenir ?

BOYGA : Moi je veux faire un travail bien payé et pas trop fatigant, par exemple dans un bureau.

CÉDRIC : À ton avis, tu auras le niveau ?

Un travail bien payé et pas trop fatigant ? Si j'ai bien compris ce qu'on m'a décrit, ce n'est pas en règle générale ce qu'ils voient chez eux. Plutôt le chômage et, s'il y a du travail, un travail assez fatigant, et pas très bien payé.

C'est en filigrane derrière toute chose, je le sens bien, cette affaire du travail. Mais pas seulement. Il y a aussi tout un monde en lambeaux : une religion, des rites, des habitudes, des préjugés. Une culture, en somme, d'homme moderne, qui est le plus souvent un homme déraciné. C'est celle de la majorité des élèves, de leurs familles en tout cas ; culture plusieurs fois détruite, reconstruite, redétruite : par la colonisation, par la décolonisation, par les régimes en place, par le départ, par la vie en France, le chômage, et aussi par la rencontre d'une autre culture, plus légitime, installée. Sans oublier les grandes mutations que la culture d'arrivée, la culture française, a subies, elle aussi, et qui l'ont profondément déstabilisée, sous l'effet de la « globalisation » qui est une forme d'« américanisation du monde ».

Ainsi s'affrontent en eux et autour d'eux, chaque jour, des façons de dire et de faire contradictoires. Garçons et filles, dès l'enfance, en sont le champ de bataille : la famille, l'école, la télévision, Internet. Être un champ de bataille dès dix, onze ans ! Vous imaginez les dégâts. On sait tout ça, mais on ne veut pas en parler, on le cache, ou au contraire on l'exalte, on minimise ou on diabolise. La situation des femmes, par exemple. La violente entrée des adolescents, les garçons surtout, dans la sexualité.

Et puis, toujours, dominant le quartier de sa haute silhouette sans grâce : la cité. Je m'y rends lors de mon deuxième passage, avec une professeur d'histoire-géo qui a des responsabilités d'encadrement, entre autres. À cette heure-là (5 heures), les mères ou des jeunes filles ramènent les plus petits, des hommes en djellaba discutent, une fille passe en short de jean moulant, et tout le monde semble faire comme si elle n'existait pas. On me conduit à l'appartement au rez-de-chaussée que loue la municipalité et où chaque soir des éducateurs attendent « les jeunes ».

Au milieu de tout cela, quelques heures par jour, l'école. Quand on a l'esprit aux choses positives (l'esprit en question oscille sans cesse entre le positif et le négatif), on se dit que, malgré sa décadence, son essoufflement, voire en certains endroits son effondrement, l'école continue de conserver, parfois malgré elle, des restes d'un ancien monde et de ses anciennes grandes lignes : le sérieux, l'effort, le goût du savoir. Elle persiste à montrer des modèles d'existence, de pensée, de vie, arrachés à l'emprise des religions ; à perpétuer des traditions d'émancipation (notamment celle des femmes). L'école demeure un lieu où la valeur suprême, l'argent, est sensiblement contenue, voire contredite par des modèles autres : la science, les arts. Un T-shirt neuf, de la marque qu'on souhaite, vaut-il vraiment mieux qu'une bonne note ? Même ceux qui l'affirment savent que c'est une provocation. Comme K., le jour de la présentation des travaux : quelqu'un lui colle dans les bras pour la photo le gros cahier relié avec tous leurs textes. Attention, dit K., tu vas m'abîmer le T-shirt. Mais il dit ça pour rire, aussi.

## *Religion*

SOPHIA : Je ne pourrai jamais dire ce que j'éprouve à celui que j'aime.

ALICE : Pourquoi ? À cause de ta religion ?

SOPHIA : En partie. Mais tu sais, il ne faut pas trop croire ce qu'on dit à la télé. L'Islam est une religion tolérante.

Pendant que j'en suis au chapitre des questions dérangeantes, pourquoi ne pas aborder celle de la religion, de la place qu'elle occupe, de l'influence qu'elle a, et de la manière dont elle gagne chaque jour un peu plus de terrain, dans la cité, chez les jeunes ? Parce que je n'ai pas eu le temps de me faire une idée, une idée juste ? Sûrement. Toutefois il en est beaucoup question dans les textes qu'ils ont écrits, et toujours de façon positive, voire révérencieuse : un garçon « fait des progrès » parce qu'il « prie davantage ». Mais je pourrais citer aussi cet extrait d'un autre texte (exemple de leur humour et de sa justesse). C'est une conversation entre copains : « Combien y en a, de religions ? dit l'un. — Oh ! beaucoup ! — Et tu peux m'en citer une ? — Le football ! »

## *Orientation, encore*

> LE TURC : Wééé Nenê ! Comment ça va, mon ami ?
> NENÊ : Très bien, ne t'inquiète pas, et toi, le Turc, ça va ?
> LE TURC : Où vas-tu comme ça ?
> NENÊ : En ville, où veux-tu que j'aille ?
> LE TURC : Tant mieux, moi aussi j'y vais.

S'orienter, c'est trouver son orient, l'endroit où le soleil se lève. Moi, je suis plutôt désorientée, quand je les quitte vers 5 heures de l'après-midi fin avril, les yeux attirés par la lumière du soleil couchant qui allonge les ombres des bâtiments, et celle des petites villas, proprettes, protégées, indifférentes. Je retraverse Toulon en proie à un ensemble de préoccupations difficile à démêler. J'ai dîné la veille au soir sur le bord de mer avec quelques responsables éducatifs. Quelle joie de constater notre accord ! Ils sont tous beaucoup plus jeunes que moi ; leur expérience de chaque jour est dure, rude, heurtée. Mais ils ne se réfugient dans aucun discours tout fait, ni pour accuser ni pour excuser. Ils sont persuadés qu'une autre vie, un autre monde serait possible, que ne domineraient pas les stars du foot et de la télé. Ils voient chaque jour les ravages de cet impérialisme moderne : la puissance des modèles qu'une force illimitée de publicité impose à tous.

Et je regagne la gare en traversant Toulon. Quelle ville étrange, puissante, marquée ! Dominée par de puissants contreforts calcaires, surplombant une mer céruléenne dont les abords sont presque partout interdits par l'armée. Le centre-ville est encore pour des années un chaos irrespirable, malgré un souterrain de dégagement, attendu depuis vingt ans, et qui malheureusement lâche les gaz de circulation à deux pas des maisons par d'énormes cheminées plantées en plein cœur urbain ; il est vrai que le même centre abrite depuis des décennies un stade de rugby d'une effroyable laideur. Partout, cependant, de vieilles rues et de vieilles maisons, petit à petit arrachées à l'abandon où elles étaient tombées ; des bâtiments Art déco, et juste à côté du verre et du béton ; des fleurs, et le plus charmant des marchés débouchant droit sur une avenue reconstruite après 45. Le port, fin juin, est envahi de yachts.

Je pense à eux, là-haut, qui s'« orientent », eux qui sont nés dans les hautes barres d'une cité qu'ils n'ont jamais quittée, sauf pour une virée sur la « Lib' » — l'avenue de la Liberté —, le collège bien sûr, et l'été « le bled ». Ils sont comme le résumé extraordinairement compressé d'aventures multiples. Dont ils ignorent probablement tout. Bonaparte à Toulon, l'histoire de l'arsenal, les bombardements de 44, le Puget miraculeusement sauvé, le retour d'Algérie, la venue de leurs père ou grand-père, dans les années cinquante-soixante. Ils « s'orientent » parce qu'il le faut bien ; parce que le temps de l'enfance est fini et avec lui la relative protection du collège. Beaucoup vont se retrouver au lycée, en seconde générale, et seront définitivement perdus, car ils n'auront plus avec eux, autour d'eux, cette incroyable sollicitude dont on les entoure dans ces anciennes « zones d'éducation prioritaire » devenues « collèges ambition réussite ». L'ambition ? Ils n'en ont pas. Ou décalée, improbable, irréaliste. Coincé au niveau de l'eau par ses résultats plus que médiocres, celui-ci dit : je serai médecin, je serai astrophysicien ; mais il dit aussi : j'aime pas lire, j'aime pas l'histoire, j'aime que le foot. Très peu s'en vont vers l'apprentissage, parce qu'on ne veut pas les prendre. Il y a bien les filières professionnelles : comptabilité, dit l'une, et celle-ci aussi, et coiffure (un garçon), et cuisine, et… ? Je n'ai pas entendu. On en parle, vers la fin de la matinée : l'un d'entre eux, qui a choisi « métiers de la restauration », voudrait aussi être dans la marine, fusilier marin, exactement. Il va réfléchir. La semaine prochaine, il part pour le Maroc. « Tu es content ? — Oui, très, mais content de rentrer aussi, on pleure, mais on est content de rentrer. » Il adore sa grand-mère de Meknès, enfin, c'est un village — il ajuste son pouce contre son index, serrés, serrés — tout près, tout près. Puis : Madame, vous connaissez le Maroc ? Je dis oui, et aussi la Tunisie. Son visage s'éclaire : Mais je suis tunisien, aussi ! Vous connaissez Djerba ?

C'est lui qui m'a demandé un peu plus tôt, c'était une affirmation, plus qu'une question : Madame, M. Sarkozy, vous le connaissez, non ? Non, lui dis-je, pas plus que toi, je l'ai vu à la télé, c'est tout. Il n'a pas l'air déçu, seulement étonné, assez heureux aussi, ça crée un lien entre nous.

Un autre : Madame, vous en avez vu combien, de pays ?

## *Démagogies*

J.-B. : Tu as vu les trucs qu'il nous a donnés ! Des trucs de sixième !
MAMADOU : Oui mais bon, le pauvre !
J.-B. : En plus, il est jeune !

La question scolaire ? Ce n'est pas une question scolaire du tout, entend-on çà et là : c'est une question sociale. Une tout autre question qu'on aurait transférée sur l'école, afin de s'en débarrasser commodément. L'école se contenterait de subir les effets 1) de la situation économique d'une grande partie de la population, 2) des difficultés de l'intégration, enfin 3) de l'entrée dans l'ère hypertechnique, consumériste de la « globalisation ».

Tout n'est pas faux là-dedans. Une remarque du reste le confirme : les élèves qui sont inscrits dans des collèges « ambition réussite » n'y ont pas été placés parce qu'ils auraient, dans un autre collège, montré de grandes difficultés. C'est le collège tout entier qui a reçu cette étiquette : les élèves ne la choisissent pas, ils la subissent dès lors qu'ils y sont inscrits. C'est donc d'abord un classement social : ça va loin. Pas d'échappatoire. Qui habite la cité de Pontcarral sera inscrit en sixième à la Marquisanne, parce que c'est « le collège de la cité ». Même s'il a eu des résultats plus que corrects dans les années précédentes. Pour les autres (qui habitent les coquettes petites villas), c'est le choix de l'enseignement privé, on l'a déjà dit. En plus, l'école subit les effets d'une crise générale de l'autorité — parentale, notamment —, et la crise de l'intégration n'est pas sans rapport avec la disparition programmée des références qui rendaient celle-ci (et l'école) possible. En particulier la référence nationale. Relisons les premiers mots de la « Lettre de Jean Jaurès aux instituteurs » publiée le 15 janvier 1888 dans *La Dépêche de Toulouse :*

*Vous tenez en vos mains l'intelligence et l'âme des enfants ; vous êtes responsables de la patrie. Les enfants qui vous sont confiés n'auront pas seulement à écrire et à déchiffrer une lettre, à lire une enseigne au coin d'une rue, à faire une addition et une multiplication. Ils sont français et ils doivent connaître la France, sa géographie et son histoire : son corps et son âme. Ils seront citoyens et ils doivent savoir ce qu'est une démocratie libre, quels droits leur confère, quels devoirs leur impose la souveraineté de la nation.*

Tout est dit : et on prend la mesure du « formidable changement », pour parler comme les journaux, que nous sommes en train de vivre. La France est désormais une entité plus que problématique : et ce n'est pas un mince défi que de vouloir y intégrer de nouveaux arrivants, quand on est si peu assuré de son avenir — de son présent. Et même de son passé ! Ne faudra-t-il pas un jour, disent certains, réécrire les manuels d'histoire des petits Européens, afin d'en faire disparaître les antagonismes nationalistes et les versions contradictoires des guerres mondiales ? En effet, comme feignait de s'en étonner Alphonse Allais sur Waterloo Square à Londres, pourquoi les Anglais donnent-ils à leurs places des noms de défaites ?

... Ce défi (économique, social, moral, intellectuel), l'école ne semble en effet pas capable de le relever et peut-être pour une raison essentielle : parce qu'elle s'avance au combat les mains liées dans le dos. Par qui ? Par les élites ; par la bonne pensée dénigrant à la fois le passé de la France (parce qu'il fut en effet colonial) et sa langue (qu'on imposerait autoritairement aux anciens colonisés et aux pauvres) ; par elle-même enfin, conduite dogmatiquement depuis plus de vingt ans à remettre en question toute transmission des savoirs, linguistiques ou scientifiques. Au motif qu'on reproduirait ainsi et reconduirait la violence de la domination économique et sociale qui écrase les moins favorisés...

D'où à la fois l'échec de l'école et son incapacité à le comprendre. Cet acharnement sur la transmission des connaissances est d'autant plus paradoxal que la société tout entière est en proie à un délire didactique, à une obsession pédagogique. On ne peut plus prendre son petit déjeuner tranquillement dans la salle à manger d'un hôtel sans que les sets de table vous exposent doctement ce qu'il est nécessaire d'ingérer le matin. Ainsi dans mon hôtel à Toulon la liste des boissons proposées au petit déjeuner est regroupée sous la formule « Pôle hydra »... Quant à la boulangerie du coin, un coin près de chez moi, elle expose des variétés de blé dans une série de petites boîtes illustrant l'histoire du pain à travers les âges.

Mais s'agissant de l'école, c'est une autre paire de manches : ce qu'on entend encore trop souvent c'est que les élèves s'ennuient et sont en situation d'échec parce que le système scolaire est resté trop archaïque, trop attaché aux anciennes formes de transmission du savoir. *En somme parce qu'il y a encore trop d'école à l'école.* C'est tout à fait comme ces médecins de Molière qui saignaient leur malade à tour de bras, et le saignaient encore parce qu'il ne guérissait pas. En lisant le tout récent livre de Kovacs et Butaud, *Rapports de classe,* j'apprends que dans les IUFM un exercice où les deux tiers des élèves n'obtiennent pas la moyenne est réputé « mal conçu » ou « mal posé ». De là à déterminer des sujets en fonction des résultats attendus...

Mais il y a pire. Tel collège ou tel autre est-il le théâtre de violences ? Ce n'est qu'une réponse, déclare-t-on alors, inadéquate bien sûr, mais explicable, à la violence que l'école exerce en donnant des notes, en soulignant les défauts d'un élève dans le travail ou l'attention ! (Bien sûr il y a des profs injustes et des notations de même. Mais qui pourrait s'en passer ?) Au fond, ce qui est sous-entendu, c'est que la violence des élèves est légitime face à celle de l'école qui, elle, est illégitime, car elle continue de vouloir enseigner à « la masse » ce qu'il était possible d'enseigner autrefois à « une élite ». Du coup, allons-y : ce qu'on ne sait pas ou ne peut pas faire passer, faut-il finalement le faire passer ? Le passé simple ? Le passé antérieur ? Le raisonnement mathématique ? L'histoire ? Le point-virgule ? Après tout, disait récemment un « spécialiste de l'éducation » sur une chaîne radio d'information, l'enseignement de la géographie avait-il d'autres fins que de préparer les soldats à reconnaître sur une carte les zones de combat !

Du coup la bonne volonté un peu simpliste des pouvoirs publics (mais bonne volonté tout de même) s'est tout entière réfugiée dans la mise en place de moyens énormes pour augmenter les « chances » de réussite des moins favorisés. On m'objectera que, dans le même temps, on s'apprête à supprimer des postes de professeurs, dans le cadre d'une politique générale de réduction des dépenses publiques. (Mais le taux d'encadrement en France demeure un des meilleurs d'Europe.) Et on laisse les vacataires croupir dans des situations souvent indignes. Mais l'effort financier est là, indéniablement. Et il concerne les locaux d'enseignement, mais aussi les bibliothèques, les médiathèques, le soutien scolaire, la réduction des effectifs par classe dans les zones d'éducation prioritaire. À quoi s'ajoutent l'investissement et le dévouement personnel infinis des enseignants, des cadres. Un élève de « milieu défavorisé » (mettons : un beur ou une beurette de cité dont le père est au chômage et la mère traitée pour dépression après six grossesses rapprochées) rencontre, dans la journée : des locaux propres et accueillants (plus propres et plus accueillants que la cité et peut-être l'appartement où il vit) ; une nourriture choisie à chaque déjeuner (le soir, il ou elle mange ce que la mère a eu le temps de préparer et elle aussi, pourtant, elle en a de la bonne volonté ! Mais ça ne remplace pas les moyens). Il ou elle a eu à chaque heure de la journée un cours assuré par une jeune femme (la plupart des profs sont des femmes, et beaucoup sont très jeunes) qui l'a pris par la main, lui a réexpliqué douze fois calmement qu'on peut dire « j'me casse » mais qu'on essaie de trouver autre chose pour sa rédaction. Il ou elle s'est vu offrir plus de livres que toute la cité n'en a vu (je ne dis pas lu) durant les trente dernières années.

C'est en ce sens que l'école « réussit » : en remplissant tant bien que mal ses tâches d'instruction, voire d'éducation, mais surtout en continuant d'être un havre de paix, dans les conditions actuelles de vie difficile des villes, des banlieues, des cités, des quartiers. Les années d'avant le collège ? Même chose. Ils les ont passées dans des classes élémentaires, gaies, pimpantes, décorées, dans des maternelles plus douces que le sein de trente-six mères exténuées et qui ne leur demandent jamais ce qu'ils ont fait en classe aujourd'hui (sauf exception).

À la maternelle, tiens justement, en avril (il faisait un soleil exquis et le petit jardin des enfants verdoyait), un petit bigleux s'est jeté sur moi, en criant qu'il avait cassé ses lunettes (j'en avais au même âge et je les cassais souvent moi aussi). Tout le monde l'a entouré, tout le monde le connaissait. Il sautait comme un petit chien dans nos jambes. — Il a plusieurs frères et sœurs, un peu plus grands, un peu plus petits, très proches. Ils ont été « retirés » aux parents, me dit-on. — Pourquoi ? j'ai demandé. On les nourrissait mal, on les battait ? — Oh ! pire, pour qu'on les retire, il faut que ce soit pire. On ne me dit rien de plus, j'insiste : Mais encore ? — Oh, c'est sûrement une affaire de mœurs.

Dans un an, il sera au cours préparatoire. J'espère qu'il aura retrouvé ses lunettes. En attendant, il est « en foyer ». Je le cherche des yeux. Il a pris la main de mon voisin, un élu local à l'allure rassurante. Il regarde cette main avec intensité et, soudain, je le vois qui pose sa joue contre le dos de cette main inconnue, de cette main d'homme qui s'est refermée sur la sienne, et qu'il s'y frotte longuement.

… Au fond, il s'en faudrait de peu que l'école puisse être sauvée. Car, je l'ai déjà dit — et ce n'est pas le moindre des paradoxes ! —, qu'on le veuille ou non, pendant quelques dizaines de minutes de chaque cours, elle offre encore l'image d'un monde d'adultes responsables et bienveillants, et maintient, même si elle n'y croit plus trop, l'idée que comprendre, apprendre, se consacrer à sa propre formation sont des enjeux vitaux. Elle affronte chaque jour les pires défis ; le niveau y baisse plutôt qu'il ne monte, mais elle tient, plus ou moins, on se demande comment. Durant mon (court) séjour entre les murs d'un collège, j'ai vite oublié les querelles sur la « construction des savoirs », ou l'« élitisme » de la langue correcte ; et les discours démagogiques de ceux qui n'y mettent jamais les pieds. Et eu le temps de voir s'inscrire en moi profondément ces moments, fragiles, peu durables, menacés, où quelque chose passe entre le professeur et un, deux, dix élèves : une page comprise, un aperçu grammatical correctement reçu, une voix hésitante qui s'affermit et dit : « Et la nuque baignant dans le frais cresson bleu »…

… Mais, me souffle le malin esprit de contradiction qui fait parfois régner sur moi son humeur négative, *cela ne règle pas tout* : évidemment dans les couloirs, ils ont été repris par la vie d'à côté, celle du matin, du soir, des mercredis et des dimanches ; deux filles se sont roulées par terre parce que l'une avait regardé l'autre droit dans les yeux, deux garçons ont essayé de se marquer au cutter. Et des petits de sixième qui ont encore froid aux yeux se disent : c'est ça, grandir ? Un grand justement montre l'i-pod que (prétendument) il a racketté à un « bourge » en ville ; en fait, c'est un ami de son grand frère qui le lui a donné contre un service. Quel service ? Motus. (Ça, c'est quelque chose qu'on m'a raconté, ça n'a pas eu lieu à la Marquisanne.)

## *Démagogies (encore et toujours)*

J.-B. : T'as vu le remplaçant du prof d'anglais ?
MAMADOU : Oui, je sors de son cours, là !
J.-B. : Il fait rire !
MAMADOU : Oui, j'aime bien.
J.-B. : Oui, moi aussi, mais il est un peu spécial.

En ce moment je lis tout ce qui s'écrit sur l'éducation (d'ailleurs le reste du temps aussi). Je viens de tomber sur ceci qui m'a affligée : pour protester contre la nécessaire réforme des programmes de l'école élémentaire appelant à un retour aux « fondamentaux », on a vu des enseignants s'affubler de blouses grises « par dérision » afin d'en stigmatiser le caractère « réactionnaire ». Quelle ignorance ! Quel malentendu ! Essayons donc plutôt de faire avec les enfants des banlieues ce que les fameuses « blouses grises » ont été capables de faire pour les enfants des campagnes, qui n'étaient souvent guère plus favorisés que nos élèves « issus de l'immigration » : leur apprendre à manier correctement la langue de leur pays. Et à faire les quatre opérations. Mais il paraît qu'aujourd'hui il faudrait attendre la fin du primaire pour la division. Et que l'apprentissage de la langue serait celui de la soumission à l'ordre établi…

Je ne suis pas bien sûre de lire dans ces affrontements le souci d'apporter le meilleur au plus grand nombre. Mais à quoi bon revenir sur ce que tout le monde sait très bien, même s'il règne là-dessus un silence qui tient de l'omerta ? Ces vieilles rancœurs contre l'école qui justifient l'incroyable acharnement contre elle de certains théoriciens ! La volonté de pouvoir des responsables pédagogiques ; les délires dogmatiques qui règnent depuis le début des années soixante-dix : du style, l'enfant naît bon et instruit, c'est l'école qui le conduit à l'échec et à la violence… Tellement d'enjeux, derrière tout cela, les fortunes réalisées dans l'édition des manuels scolaires, des carrières d'écrivain construites à bon compte en « littérature jeunesse ».

Qu'opposer à ces forces négatives sinon la résolution patiente et silencieuse des professeurs comme il en est (encore) tant ?

## *Attachants*

> BOW WOW : Alors tu es prêt ?
> LIL'ZANE : Oui et toi ?
> BOW WOW : À peu près mais je suis un peu stressé.
> LIL'ZANE : Ne t'inquiète pas pour ça, je suis sûr que tu vas réussir.
> BOW WOW : Merci de me réconforter mon frère, car j'en avais besoin énormément.

C'est fou ce qu'ils sont attachants. J'ai horreur de la formule, qui sent son hypocrisie à dix lieues. Eh bien, pourtant, je n'en ai pas d'autre. Sur les cinquante élèves qui composent ces deux classes, un peu plus de vingt-cinq sont restés jusqu'au bout, jusqu'à ces dernières journées de juin coincées entre le brevet blanc et celui que, pour rire, j'ai appelé « le brevet noir », qu'ils devaient passer deux jours après ma dernière visite. Au brevet blanc d'ailleurs ils n'ont pas fait des merveilles. Au bout d'une heure, ils demandaient tous à sortir : le principal a décidé de les installer en permanence, mais bientôt les salles ont été trop petites pour accueillir le flot. Ils ont dû attendre sans rien faire la fin du temps réglementaire ; mais ça leur était égal : tout plutôt que de se casser la nénette sur un sujet de français ou de maths.

Tout ça pour dire que ce ne sont pas des petits anges dociles. Mais vifs ! mais drôles, mais pleins d'humour et d'invention (qu'ils n'ont pas toujours les moyens d'exprimer). L'enjeu était de leur faire lire mon texte, en l'occurrence une pièce, et de leur faire écrire quelque chose : ils l'ont fait. Par groupes de deux, parfois seuls (des filles). Tout à fait à la fin, ils se sont écoutés lire mutuellement (enfin certains n'écoutaient pas tellement). En les écoutant, les autres ont tout repéré, l'humour, volontaire ou involontaire. Dans la saynète écrite par deux filles, l'un des personnages, une nana, décide de « passer l'éponge » sur une probable infidélité de son petit copain. Tant mieux, déclare R., ça va le rincer après le « savon » qu'elle lui avait mis. À moi, ils m'ont fait des blagues. La première fois, ils voulaient juste qu'on se photographie et ils me faisaient signer des bouts de papier, comme à un joueur de foot, mais pas tous. La deuxième, ils étaient contents « qu'on se retrouve ». Et alors ils ont commencé. (Les garçons, et ça énervait les filles. D'ailleurs les filles sont plus tendues que les garçons, et il y a des raisons pour.) Ils ont essayé de me faire croire qu'un d'entre eux avait une plaque dans la tête, c'est pour ça que le portillon sonnait chaque fois qu'il sortait du CDI. Et la toute dernière, ils m'ont fait des cadeaux et même le plus beau des cadeaux : Madame, venez jouer avec nous au foot ! m'ont-ils dit.

Naturellement, il y a aussi ceux dont je n'ai pu percer le système de défense ; regards noirs ou simplement indifférents ; mutisme appuyé. Dans ce (court) parcours que nous avons fait ensemble, je ne pouvais pas en venir à bout ; j'ai simplement eu l'impression d'avoir choisi le chemin le plus simple parmi tous les chemins possibles. Et des approches simples : d'abord un temps d'observation, les réponses les plus honnêtes à leurs questions. Les premières difficultés sont apparues quand j'ai compris qu'ils avaient du mal à saisir ce que j'avais écrit dans ma pièce. Parce que je faisais allusion à un temps pour eux extrêmement éloigné ? Parce que mes personnages, qui ont pourtant leur âge, ne s'expriment pas du tout comme eux ? Peut-être. Mais surtout : parce qu'ils ne lisent pas très bien, parce qu'ils manquent de vocabulaire. Quand je leur raconte une scène restée obscure avec d'autres mots, ils ne font ni une ni deux, leurs visages s'éclairent, et ils éclatent de rire. Naturellement, certains font le singe, et je sens que ça pourrait déraper.

Dès la deuxième rencontre, je pense qu'il y a deux options : lassitude au mieux et indifférence ou, au pire, hostilité. Oubliant qu'il y en avait une troisième : de l'intérêt pour ce que j'avais fait, et surtout de l'intérêt pour ce qu'ils étaient en train de faire. Et c'est ce qui s'est passé. Naturellement, tout cela vient de l'intense travail fait avec leurs professeurs, qui ont la manière, c'est sûr. Du coup, lors de la troisième et dernière rencontre, tout est gagné. Je ne parle pas de leurs progrès ou de leurs acquisitions que je peux difficilement mesurer mais des rapports que nous avons noués... Sans doute, je l'ai déjà dit, il y a presque une moitié d'absents, mais l'autre moitié est extrêmement présente, fuse en questions, m'interroge après lecture sur la préface que j'ai faite pour le petit livre. Tout cela avec gestes, mimant le décor, et bande-son. Ils sont comme sur un tournage, ils connaissent ça mieux que le théâtre, c'est normal, ça ne me gêne pas.

Attachants, donc ? C'est le moins qu'on puisse dire, et visiblement heureux d'être là. (M. pleurait la veille parce que sa mère voulait lui faire garder les petits et qu'elle n'aurait donc pas pu lire son texte. Finalement elle obtient de venir.) Plus du tout gênés mais pas désinvoltes ou exhibitionnistes : complètement naturels, eux, comme moi, eux avec moi, moi avec eux. Que de sombres prunelles brillantes, que de sourires d'enfants ! Ils lisent, réclament pour lire encore, prennent le rôle d'un absent, poussent les bancs pour faire la mise en scène, prennent l'accent qu'il faut, écorchent un mot, se reprennent. Deux refusent absolument de lire, je n'insiste pas, on n'est pas obligé. Après, c'est l'heure des cadeaux, j'ai du mal à ne pas avoir la larme à l'œil. Je ne peux pas vous embrasser tous, dis-je, alors un bisou (oui, j'ai osé ce mot que je n'aime pas) à chacun. Vous pouvez m'embrasser moi, a dit D., les autres fois plus silencieux, après j'irai les embrasser tous.

Mais c'est aussi qu'on a travaillé. Ne serait-ce que d'avoir appris ça : que le travail rapproche et rend heureux (modestement heureux, mais heureux tout de même), et ma venue serait justifiée.

## *Des mots et des coups*

> KAJOL : T'as vu ? mais bon, c'est pas grave. Linda elle lui parle plus, elle a la mort contre elle.
>
> RANI : Elle a de quoi avoir la mort. Moi, je l'aurais tuée.
>
> KAJOL : Tu as raison.

Je me suis sentie tout de suite si bien avec leurs deux jeunes professeurs que je n'ai pas hésité à faire comme je le sentais : je n'ai pas laissé passer une faute. De français, de langue, d'orthographe, même les derniers résidus, je les ai traqués. Pour deux raisons : parce que le goût de la lecture ne peut venir sans un rapport complet, correct, bien constitué avec les mots. Parce que ma philosophie en matière d'éducation est assez simple : c'est ou les mots ou les coups. Ils avaient déjà drôlement retravaillé sur l'injonction des professeurs, ça n'était pas terrible les premières versions, côté langue.

Lors de mon deuxième voyage, l'un d'eux m'a dit : mais Madame, l'orthographe, on s'en fiche, l'ordinateur, il corrige tout. Je ne me suis alors sentie pas du tout écrivain, mais complètement prof, un prof bien, comme elles, même un peu instit. (Cela ne me gêne pas de dire « instit » ou « prof ». De temps en temps, pas tout le temps.) Je me sentais bien d'être leur institutrice d'un jour. J'ai dit : pourquoi tu penses qu'il faut mettre l'orthographe ? Pour obéir à ton professeur ? Pour avoir ton brevet ? Pour me faire plaisir ? Non : pour être poli. Ils m'écoutaient, oui, je crois qu'ils m'écoutaient. Quand tu fais des fautes de français, et que tu donnes ton texte à lire, et qu'on ne comprend rien à ce que tu écris, tu crois que c'est poli ? C'est comme si tu invitais quelqu'un à manger, et tout ce que tu lui sers est immangeable. C'est pareil. Et finalement on s'est mis à parler de la violence : c'est une violence que tu exerces sur celui qui te lit. La violence, c'est presque toujours en rapport avec les mots, non ? Soit parce que tu les as refusés, soit parce que tu ne les avais pas. Sur ce point l'école peut t'aider. Plus d'un acquiesce gravement, et ça n'est pas pour me complaire, ça se voit. C'est un discours qu'on leur a tenu plus d'une fois, mais ils l'acceptent. Le mettre en pratique, c'est une autre histoire.

Car il y a bien évidemment des moments un peu chauds, et même très chauds, dans les couloirs ou dans la cour. Je n'ose pas parler de la violence, je n'ose pas poser des questions sur la violence. Les apparences sont si calmes ! Mais elle est dans l'air : comme s'il était évident qu'on « les tient » mais qu'on pourrait « ne pas les tenir » toujours. « Incidents » toujours possibles, dont la cause, me disent des éducateurs, est la plupart du temps extérieure au collège : une querelle entre bandes, une affaire familiale, un drame à la maison, etc. « Tout peut sauter d'un moment à un autre », me dit le principal. Basculer ? Comment ? « Oh, un rien, une dispute qui dégénère, deux filles qui s'empoignent. » (Je ne dis rien qu'on ne sache aujourd'hui très bien : la violence des filles est terrible. Elles se défendent, diront certains. Elles imitent le modèle masculin, diront les autres.)

Pour ce qui est des rapports avec les parents, dans l'ensemble, il prévaut ici une situation exactement inverse de celle des collèges « bourgeois ». Ici, ou bien les parents ne se dérangent pas, ou bien ils prennent plutôt le parti des profs. Ici quand on convoque un père parce que son fils a fait des bêtises, le père — en admettant qu'il vienne — redouble la punition d'une gifle, voire d'un violent coup sur la tête. Ailleurs, c'est tout le contraire : c'est toujours l'enfant qui a raison, même à la maternelle — en grande section, on a vite fait d'appeler sa mère sur son portable quand on vous a donné un ordre ! Une fois cependant, un père s'est comporté comme un père « bobo » : il a insulté un éducateur parce qu'on avait confisqué le téléphone portable de son fils (il s'est d'ailleurs excusé ensuite).

Mais on ne m'a pas parlé de violence exercée sur un professeur. J'aime mieux ça ; je veux penser que ce collège en est préservé. Car la violence exercée contre les professeurs me fait tellement horreur que j'en écarte même la simple évocation. Le fait même que ça puisse exister, c'est insondable comme question. On ne m'a parlé de rien, à la Marquisanne, rien. Mais tout ce que je peux lire dans les journaux me fait froid dans le dos : les statistiques sont terribles, plusieurs dizaines d'agressions physiques par an. Je ne comprends pas comment ça ne met pas toute la société debout. Le chômage des parents, les mauvais résultats scolaires, la puberté, de vieux réflexes culturels, ça n'explique pas tout : il faut qu'il se soit passé quelque chose d'extrêmement grave dans notre monde pour que des élèves portent la main sur leur professeur. Mais aussi qu'un professeur puisse se pendre, oui, se pendre, ça s'est passé récemment, parce qu'on l'accusait d'avoir frappé un élève, je ne m'en remets pas. L'a-t-il fait ? Peut-être. Est-ce bien ? Non, bien sûr que non. Mais le père a porté plainte. Est-ce qu'on n'aurait pas pu régler les choses autrement ? Tous les jours des professeurs sont frappés ou insultés. Il a eu un geste de trop, peut-être, la vérité n'est pas encore établie sur son cas. Mais quel est l'acte dont on aurait tellement honte qu'on pourrait se pendre ? N'est-ce pas plutôt parce qu'il a deviné qu'il allait faire l'objet d'un opprobre généralisé, sans recours, sans espoir qu'on le comprenne ? Qu'avait-il subi pour en arriver là ? À ce geste sur un enfant (en admettant qu'il l'ait commis) ; à ce geste sur lui-même* ?

J'ai bien peur que tout cela constitue un terrible diagnostic sur la situation de l'école aujourd'hui.

Calmons-nous. Respirons longuement. Sinon, on ne pourra jamais en revenir à la question de la lecture.

* On sait maintenant que l'élève avait menti.

## *Résistances*

KADER *(chuchotant)* : Ça y est, tu as préparé « l'égyptienne » ?
BOB : Oui... elle est chez moi, je l'ai cachée dans la cave... c'est là que je cache tout...
KADER : Dépêche-toi, dépêche-toi...
BOB : Vas-y doucement, ça va te tuer ! Est-ce que tu as l'argent ?

« L'égyptienne », plus loin « la colombienne », je n'imagine que trop bien de quoi il s'agit... Leur vie, c'est clair, se passe ailleurs, et dans des zones où il vaut mieux ne pas trop aller voir. C'est ce qu'ils nous font comprendre très vite, et qui explique peut-être l'atmosphère diffuse de refus, je ne sais pas comment l'appeler autrement, que j'ai ressentie dès le départ. Ils vont l'exprimer tout de suite (« j'aime pas lire », « on n'aime pas l'histoire ») comme un avertissement sans frais. C'est comme un « je vous préviens », « je vais le faire mais je n'en pense pas moins ». Tout ça en douceur, mais en douceur feutrée, ce n'est pas de la violence mais de la « résistance ». Il leur faut d'abord, symboliquement, poser les conditions : tout ce qu'ils vont faire, sauf exception, ce sera un peu malgré eux, ils sont des espèces de Bartleby, et réitèrent son mot fameux : *I would prefer not to*, « J'aimerais mieux ne pas ». Un peu comme on le faisait sentir à ses parents, dans ma génération, quand il fallait les accompagner à la campagne ou chez les grands-parents. Même si on le faisait quand même. Mais les professeurs ne sont pas les parents : il faudrait qu'ils apprennent et retiennent la différence.

Comme cette « résistance » est générale, on ne sait quelles précautions prendre aujourd'hui avant, je ne dirai pas d'imposer, mais de proposer quoi que ce soit. Certains ont théorisé ça, avançant que même les formes de la conjugaison doivent être, selon eux, « négociées ». (Même chose dans certaines familles où aujourd'hui il est exclu qu'on puisse terminer par un « c'est comme ça et pas autrement » une discussion oiseuse sur l'heure de se coucher.)

Jusqu'au moment où on frôle la paralysie et l'immobilisme absolu (ou l'anarchie). Je l'ai bien senti. Je n'ai pu leur proposer de faire ce travail (lire mon propre texte, en écrire un à son tour) qu'à partir du moment où, sans que les choses soient clairement formulées ainsi, le contrat a été ainsi établi : de leur part, ce sera plus ou moins « malgré eux » (sauf pour deux ou trois fanas d'écriture, des filles) ; et pour ma part, je devrai savoir et reconnaître plus ou moins explicitement qu'ils le font plus ou moins « pour me faire plaisir », « pour me montrer leur bonne volonté ».

C'est évidemment bien plus lourd dans la situation quotidienne, quand il s'agit d'exercices strictement scolaires, car j'ai bien compris qu'ils me traitaient comme ils traitent tout le monde, leurs professeurs d'abord.

Ils ne me disaient pas : attention, ça, c'est en plus, on veut se sentir libres et pas du tout contraints comme d'habitude. Non, en m'accueillant, ils n'ont pas fait de différence entre le cadre scolaire et celui de notre rencontre; ils m'ont fait immédiatement part de leur résistance quotidienne, qui est l'autre nom de leur existence. Exister, c'est résister. On voit très bien ça dans le livre de Bégaudeau, *Entre les murs,* je cite de façon approximative mais le sens y est. Un exemple de grammaire : « Ghislaine a pris le métro ce matin. » Une main se lève : Monsieur, pourquoi pas Farida ? En effet, pourquoi pas ? Mais quelle perte de temps, si la grammaire doit devenir une représentation exacte du corps social.

Entendons-nous bien, à part ceux qui ne sont pas revenus dès la deuxième séance et ceux qui sont restés très en retrait, aucun n'a fait état de cette résistance par des mots ou des actes : mais c'était dans leurs yeux, je le voyais, comme une petite défense animale, mêlée à de la curiosité. *Qu'est-ce qu'on va me faire ?* Voilà ce que j'ai vu. Au bout du compte, quand ils auront sous les yeux le résultat de leur travail, ils seront tout prêts à reconnaître rétrospectivement qu'ils ont « fait un effort », que cet effort « donne un résultat ». Et ils se passeront de main en main le résultat de cet effort, la belle brochure de quatre-vingts pages, contenant tous leurs textes et illustrée par eux.

## *L'école entre défiance et confiance*

LUCIE : Dans mon collège, on n'a pas de vendeurs de pains au chocolat.

MARIE : C'est une bonne raison pour changer d'établissement !

Qu'ils l'aiment ou non, leur école, ils en parlent, avec humour, parfois même avec attendrissement. Mais il faut bien que je me mette ça dans la tête, ce n'est pas du tout une école comme celle que j'ai connue ou celle que j'ai fréquentée. Celle-là est morte, il y a environ vingt-cinq ou trente ans. L'école d'aujourd'hui, sauf dans quelques endroits, c'est une tout autre école. C'est ce qui reste, pourrait-on dire si on voulait être vraiment méchant, ce qui reste de l'ancienne école après le passage du tsunami pédagogiste. Qu'on ne me fasse pas dire ce que je ne dis pas : je suis férue de pédagogie, cet art admirable qui consiste à inventer chaque jour le moyen de faire passer des connaissances. *Un art (pas une science)*. Mais le pédagogisme est autre chose : c'est une pseudo-science qui s'appuie sur des dogmes, sans rapport avec une expérience, des besoins et une pratique véritables.

Entendons-nous : je ne considère nullement l'école « d'avant » comme une espèce de lieu parfait, une utopie à rebours où tous les élèves baissaient en silence les yeux sur leurs cahiers. Personne ne peut cependant nier qu'elle ait répondu avec efficacité et méthode aux redoutables questions que posait la généralisation de l'enseignement primaire à toute une classe d'âge. Rien n'empêchait donc de penser qu'elle pourrait répondre, peut-être avec des méthodes différentes, mais avec autant d'efficacité, au défi suivant : le passage en masse de toute une classe d'âge dans le premier cycle de l'enseignement secondaire. Or, manifestement, ça n'a pas été le cas : tout le monde va au collège, ce qui est un progrès démocratique, mais la réussite n'est pas au rendez-vous.

Ce que l'école « d'avant » offrait aux élèves du premier niveau, l'école « nouvelle », l'école de la réforme, a été incapable de le transposer aux élèves du second niveau : c'est à peine si parfois, sortant du collège, ils sont dotés des mêmes bases que l'école primaire « d'avant » donnait à une majorité d'enfants ! La différence porte sur un point essentiel : avec ses défauts (son autoritarisme ou ses connivences culturelles), l'école d'avant (mettons, d'il y a trente ou quarante ans) était reconnue comme un lieu de savoir et non pour ce qu'on dit qu'elle doit être aujourd'hui : un « lieu de vie ». Comme si c'était la solution pour vaincre la résistance des élèves. Comme s'il fallait déguiser quelque réalité devenue insupportable : la nécessité de l'effort, de l'exigence, de la sanction. Sous le poids du monde nouveau où elle s'est installée, auquel elle s'est ouverte, cette école-là ne fait plus systématiquement, naturellement confiance au savoir et à ceux qui sont chargés de le transmettre. On pourrait parfois croire qu'elle s'en défie carrément. Que la connaissance, le savoir sont une denrée suspecte, qu'il est normal de les refuser quand on est un « jeune », un adolescent, et toute la tâche des maîtres est alors de les faire passer comme on fait avaler une pilule amère, en la dissimulant dans une bouchée sucrée.

Encore, au collège, peut-on négocier plus facilement que plus tard, en seconde. Car il y a de grandes zones d'enfance chez ces « gamins » de douze, quatorze ans. Quand on leur dit qu'avoir des diplômes vaut mieux que de ne pas en avoir, ils ne vous croient qu'à moitié ; mais ils vous croient aussi un peu. Quand je leur sors mon histoire un peu simplette de politesse de l'orthographe, ils ne me croient qu'à moitié. Mais ils me croient aussi un peu. C'est comme dans la parabole du verre à demi vide ou à demi plein. Ils pensent que les diplômes ne servent à rien ; ils sont persuadés aussi que l'absence de diplômes pèse sur toute votre vie.

Mais je sens bien qu'ils adhèrent en fait à d'autres valeurs. Lesquelles ? Je ne sais pas. L'argent, les stars de la chanson et du foot, les images ? Probablement. Reste cependant une chose, que j'ai bien vue tout de suite : c'est qu'ils repèrent immédiatement la bonne intention dont vous êtes animé(e) envers eux. À quoi ils la repèrent ? Je n'en ai pas la moindre idée. Ce qu'ils sentent immédiatement, c'est si vous êtes *une personne qui est là en personne*. Je m'exprime très mal, je ne sais pas dire mieux. Ça passe par quoi ? Par le ton, la voix, les premiers mots, l'attitude générale ? Ça se passe même avant : dans l'échange des premiers regards. Ah ! ce qui passe d'un être humain à un autre être humain, c'est toute une histoire ! Ça n'est pas suffisamment étudié, ça ! C'est quelque chose comme : je reconnais en toi, qui es en face de moi, une conscience qui est égale à la mienne. C'est ça qui vous est refusé quand on vous regarde « de haut » ou « froidement », quand on a l'impression qu'on « ne vous voit même pas » (chose qu'expérimentent, par exemple, les vieux).

Est-ce que ce n'est pas cela que les « jeunes des quartiers » appellent « le manque de respect » ? Le mot est assez malheureux, si on l'entend dans son sens habituel, parce qu'il est à sens unique et que, eux, les jeunes, n'en ont guère pour leurs professeurs ou même pour leur école. Mais si on se réfère à son sens propre — le regard qu'on porte —, il convient assez bien pour désigner cette considération dont les « jeunes » se montrent assoiffés. Le problème est qu'ils se trompent sur ses manifestations. Quand une mauvaise note est à leurs yeux un « manque de respect », on attendrait que l'école ou ses représentants prennent le temps d'expliquer que c'est tout le contraire. C'est *en ne corrigeant pas* leurs fautes d'orthographe ou en acceptant leur manque d'exigence que l'école leur manque du « respect » qui leur est dû, de l'attention qui est due à leur attente et à leur besoin de recevoir une instruction.

Mais le mal est fait — aggravé par une presse et une télévision complaisantes qui s'en font le relais — et beaucoup de jeunes s'imaginent qu'on refuse systématiquement de les « considérer », soit parce qu'ils sont jeunes, soit parce qu'ils sont beurs ou blacks, ou « défavorisés ». Ou tout à la fois. Ce n'est pas toujours faux. Mais c'est mettre de l'huile sur le feu que de rappeler à tout bout de champ de quelles injustices, même si c'est la vérité, leurs parents ou grands-parents ont souffert. Même aux enfants des victimes d'une injustice économique actuelle, ou historique ancienne, on est en droit de demander de l'assiduité en classe, et un effort régulier et soutenu. En être dispensé ne saurait être considéré comme une juste contrepartie pour rétribution d'injustices historiques.

... Au sein de cet océan de difficultés linguistiques en tout genre, il est curieux en même temps de voir comment, dans leur ignorance de la langue, ils en retrouvent d'anciens usages. Comme justement ce mot de respect dont ils retrouvent le vieux sens étymologique. Peut-être parce qu'ils appartiennent majoritairement à une culture de la « honte » et nous à celle de la « faute » : perdre la face, ou n'être pas reconnu, c'est le pire de ce qu'il peut leur arriver. C'est du reste un passage extrêmement drôle du livre de Bégaudeau où celui-ci tente de leur apprendre la différence entre « insulter » et « traiter de » : « Monsieur, vous m'avez traitée ! — Non, on dit insulter. — Vous m'avez insultée de pétasse ! — Non, on dit traiter... » Allez vous y retrouver. C'est cela que j'aime dans son livre ; ce que j'aime moins, c'est quand il entre dans leur jeu, leur répond sur le même ton, et avec le même vocabulaire. Que lui aussi emploie ce mot affreux de pétasse.

Sous un autre angle, la place que tient dans le quotidien des établissements scolaires cette question du « respect » que les professeurs doivent à leurs élèves, c'est quelque chose qui n'est peut-être pas bon, ni souhaitable. Car cela prouve que l'école est tout entière dans un rapport personnel, dual, entre l'adulte et l'élève ; quelque chose passe, ou casse, dans un face-à-face extrêmement tendu, rapide. Que la sympathie ou l'antipathie jouent un rôle dans la transmission des connaissances, cela va de soi. Or l'enseignement doit être et rester un rapport triangulaire entre le maître, l'élève et le savoir. Aujourd'hui le rapport maître/élève — qu'on l'appelle comme on voudra, enseignant/enseigné si on préfère — est un enjeu animal, vital, social, où le savoir ne joue (presque) aucun rôle. Ni l'autorité du savoir ; ni le prestige du savoir : qui sont morts tous deux. Et qui les a tués ? Les élèves ? Bien sûr que non : ils se sont adaptés à cette nouvelle culture qu'on leur a imposée. C'est l'école elle-même qui a dit (et la société autour d'elle) que l'autorité du savoir n'était qu'un tigre de papier. Que la forme qu'il prend pour s'imposer est la marque de la domination sociale. Que c'est une ruse des nantis. D'où toutes les balivernes « constructivistes » qui ont entièrement ravagé le système éducatif et dont on commence à sortir, et c'est heureux. Rappelons pour ceux qui ne le sauraient pas : pour les « constructivistes », le savoir ne doit pas être « transmis » à un élève qui alors le recevrait « passivement ». Il doit être « construit » par l'élève lui-même, et l'on rejoint ainsi ce que développent les dites sciences cognitives : on ne retient bien que ce qu'on a trouvé soi-même dans son propre parcours de recherche. Comme les rats apprenant dans des labyrinthes de laboratoire à « construire leur parcours » et à le « mémoriser » (passe encore pour les rats, mais quel affreux néologisme quand il s'agit d'une des plus hautes et nécessaires expériences humaines, la mémoire, le souvenir !). Quand ils se sont grillés le bout des pattes et du museau en se trompant de chemin, croyez-moi qu'ils « mémorisent » parfaitement le bon, celui qui de surcroît mène à la nourriture.

Mais un élève, même s'il est aussi un enfant, n'est pas un rat de laboratoire.

… Le constructivisme en matière d'apprentissage des savoirs (il est en perte de vitesse, mais tout de même, il a sévi et il sévit encore), c'est comme si on disait à un enfant : pas question de t'imposer un ordinateur (ou une bicyclette), il faut que tu le (ou la) construises toi-même.

## *Racisme (la question des apparences)*

ALICE : La façon dont il s'habille et se comporte... tout le monde pense qu'il est... euh...

SOPHIA : Gay ?

ALICE : Oui, voilà.

SOPHIA : Ce n'est pas parce qu'il met des slims qu'il est homo, pour la même raison qu'on n'est pas forcément un toxico en manque si on renifle.

*Et :*

LIL'ZANE : Pourquoi tu m'aiderais ?

BOW WOW : Parce que tu es black comme moi.

Beaucoup de choses — trop — se jouent sur les apparences et on a vu qu'ils n'hésitent pas eux-mêmes à les rappeler comme un facteur déterminant : voir la remarque de Khaled quand je l'appelle Jonathan. Mais de toutes les discriminations, celles qui se fondent sur les différences de type physique et la couleur de peau, parce que ce sont des traits irréfutables, ne sont peut-être pas les plus difficiles à vaincre : si on parle aujourd'hui des « minorités visibles », c'est peut-être pour mieux oublier qu'il y en a qui ne le sont pas. Le « délit de faciès » est depuis quelque temps repéré, et on est aujourd'hui justement condamné pour avoir refusé de donner un emploi ou de louer une chambre au ressortissant d'une « minorité visible ». Mais tant d'autres signes stigmatisent, et à jamais ! Culturels, notamment ; et de langage. (D'où le retour à la question du livre, et de la lecture. Tous les chemins, toutes les questions y mènent...)

De l'apparence à la réalité, il n'y a qu'un pas : la réalité s'y conforme entièrement. La preuve : il n'y a aucune mixité scolaire dans ce type d'établissement. La carte scolaire, qu'on est en train d'assouplir, n'y a jamais rien changé. Au contraire même, puisqu'il n'y a pas de mixité sociale (et j'oserais dire : ethnique) dans ces quartiers. Et que, de toute façon, les parents qui souhaitent éviter le collège ont toujours la ressource de mettre leurs enfants dans des boîtes privées, ce dont ils ne se privent pas. Mais il faut savoir aussi que les victimes de la ségrégation scolaire ne souhaitent pas forcément qu'elle soit rompue. Le délit de « cheveux blonds » peut rendre invivable le séjour d'une jeune fille au collège. Et un « bourge » est vite repéré, si jamais il en entre un. Petite anecdote : là où les choses changent, c'est au moment du brevet. Comme « mon » collège est centre d'examen, ce sera pour la première fois de leur vie que certains jeunes vont donc se côtoyer. Ce qui pourrait n'être qu'un simple retour des choses — s'il n'y avait eu l'an passé des tentatives de racket sur ces « enfants de bourges », reconnaissables déjà par leur type physique (plus de blonds que chez nous) et surtout à leurs i-pod haut de gamme.

Donc, pas de mixité scolaire, beurs à 90 % — j'ai dit 75 au début, mais je corrige après expérience. Pas facile d'être une fille blonde; ou même un Sénégalais. On est « entre soi », on entend le rester — et le faire savoir. Ça vient de quoi ? De choses politiques, historiques, plus ou moins bien digérées ? Mémoire victimaire ? Souvenir de la colonisation ? De l'exploitation des premiers immigrés ? — Oui, probablement, mais peut-être même pas, me dit-on. Alors quoi ? Du lien très fort noué à la cité, et avec elle ? Sûrement : ce sont des lieux sans mixité sociale ni ethnique, et la non-mixité scolaire ne fait que le prolonger. Mais encore ? Quelque chose d'autre ? Non, c'est ça, l'essentiel : la cité. Qui reflète, ou exprime, ou renforce, ou prolonge, ou crée de toutes pièces une communauté, qu'on le veuille ou non, nourrie de traditions, de religion (voir plus haut), de retours chaque année « au bled ». Du reste, l'expression qu'ils emploient marque bien le sens de ces retours réguliers pendant les congés scolaires : partir en vacances se dit « rentrer en vacances »...

Je n'ai pas rencontré au collège, dans les propos des membres de la « communauté éducative », la moindre de ces facilités démagogiques en vogue aujourd'hui, du genre : ce sont des victimes (du racisme) et qu'ils soient racistes à leur tour, nous ne voulons pas le savoir. Oui, il n'est pas forcément facile d'être un jeune « beur » dans la société française d'aujourd'hui, mais tout discriminé qu'il est, il arrive aussi qu'un jeune beur soit raciste. Même sans comportement agressif, du seul fait que le groupe s'identifie et se perçoit comme une « communauté ». Mais parfois jusque dans la violence ? Sûrement. Je ne sais pas tout. On ne m'a pas tout dit. Et il est sûr, c'est un peu gênant, que, dans un des textes qu'ils ont écrits, un jeune « bourge » qui se dit le fils de « l'homme le plus riche de France » porte le nom de « Jean-Louis Frankreichberkrund ». Qu'on le veuille ou non, ça ne sonne pas très net.

# *L'éducateur*

FLORANTIN : Tu ne peux pas avoir 20 en mathématiques, 19,5 en français et 19 en histoire juste en ouvrant tes cahiers seulement en cours !

VALENTINE : Je triche si c'est ce que tu veux entendre !

Quelques jours après mon dernier passage à Toulon, j'ai appelé D. sur son portable. Il m'avait fait visiter en avril le local, au rez-de-chaussée de la barre, où lui et les autres éducateurs accueillent après la classe les enfants de la cité. Je n'avais eu que le temps de le saluer, nous prenons donc rendez-vous pour septembre. (Pour une suite que je n'imagine pas encore très bien.) Il n'est pas beur, lui, il est sicilien, il s'explique tout de suite avec une grande simplicité sur son engagement auprès des « gamins » de la cité : Je suis un enfant du vieux Toulon, et je veux rendre ce qu'on m'a donné.

Dans les trois pièces du local, il y a des tables, des étagères avec des dictionnaires, aux murs des photos de joueurs de foot et des cartes de géographie. J'y retrouve quelques-uns de mes élèves du matin, dont

Jonathan-Khaled, content de me voir là. — Pourquoi viennent-ils si nombreux ? Telle est la question qu'on se pose. Est-ce qu'ils veulent tellement améliorer leurs résultats ? — Oui, sans doute, me dit-on, mais c'est surtout parce qu'ils se retrouvent entre eux. Ils sont mieux là que dans l'appartement familial avec la télé et les petits frères et sœurs qui braillent. Leur assiduité est notée, leurs progrès aussi.

Ce soir-là je suis écrasée par l'accumulation des preuves d'une sollicitude, d'une attention constante, totale, à ces enfants dits « défavorisés ». Écrasée, oui je maintiens le mot : écrasée par le contraste entre les efforts déployés et leurs résultats. Je n'ai pas le courage, sur le moment, de creuser le sujet.

## *Des livres, et encore des livres*

> LUCIE : Il était dur le brevet de français l'année dernière !
>
> MARIE : Moi, ce que j'ai pas compris, c'est la rédaction.
>
> LUCIE : Moi, j'ai tout compris, c'était plutôt la dictée qui était difficile ! J'oublie toujours la ponctuation.

« Ils ne lisent pas, ils ne lisent pas assez... » Ce n'est pas faute de livres. Des livres, ce n'est pas ça qui manque, il y en a partout... Et tout un édifice complexe et ingénieux pour en favoriser l'accès. Aide personnalisée, du matin au soir et même le soir après les cours, efforts infinis... Depuis une vingtaine d'années, c'est énorme ce qu'on a déboursé en France pour la création, l'entretien, la rénovation des « lieux de lecture ». Pour les enfants, pour les adolescents, pour les adultes. Dans toute la France, du nord au sud et d'est en ouest, ce ne sont que médiathèques admirablement conçues et dotées d'équipements sophistiqués, d'un personnel compétent et dévoué, et de toutes les facilités possibles pour « l'accès au livre ». Ce qui fait un contraste saisissant avec le peu de considération dont jouit le livre dans certains milieux d'élite — politique ou économique — où l'on ne lit jamais rien, et s'en vante.

Ici, à Toulon, au cœur de ces lieux d'éducation prioritaire, tout ce que j'ai vu, de la maternelle au collège, le confirme. Bibliothèques dévolues aux enfants de tous âges, claires, pimpantes, accueillantes, avec leurs sièges avenants et leurs rangées de livres ingénieusement classés, bibliothécaires à l'écoute... Les instituteurs aussi m'ont expliqué tout ce qu'ils mettent en œuvre pour une approche du livre multiple, diversifiée, car tous sont orientés vers ce but unique : que leur vienne, un jour, enfin, peut-être, le goût de lire. — En CM2, ils savent tous ce que c'est qu'une quatrième de couverture ! (Moi, je ne l'ai appelée comme ça que quand on m'a demandé quelques lignes pour la publication de mon premier livre.) Et je me demande : Est-ce que c'est ça qui facilite l'approche des livres ? Est-ce que ça ne vient pas plutôt du goût d'entendre raconter des histoires ? On va me dire : Mais ça ce sont les parents ! Et leurs parents à eux ils n'ont pas de livres ! Qu'on se rassure : je connais plus d'un fils (ou d'une fille) de bourgeois, voire d'universitaire, qui ne lit jamais. Plus d'un universitaire aussi, me glisse une voix secrète (celle du Sheitan probablement), ou qui ne lit que des ouvrages de sa spécialité. Ce qui ne s'appelle pas lire.

— À quoi sert de lire ? demandait un jour le Roi-Soleil au gros duc de Vivonne, le frère de Mme de Montespan. — À faire pour l'esprit ce que vos perdrix font pour mes joues, répond celui-ci. (C'est Voltaire qui le rapporte dans *Le Siècle de Louis XIV*.) Oui, la lecture nourrit l'esprit : encore faut-il avoir faim. Devant les façons qu'on a de vouloir « faire lire » les élèves, je m'inquiète donc, parce que je ne sais pas si elles leur donnent « la faim » des livres. Et je crains, entre autres, les effets négatifs de certaines méthodes de classement, de lecture et d'analyse des textes, qui conviendraient sans doute bien mieux à l'université qu'au collège et même au lycée. De l'abus d'un langage hyperabstrait, où la quête du sens se dissout et se perd : discours, champ narratif, focalisation... Lire devrait être tout autre chose, une expérience de la vie, la connaissance ou l'anticipation, à travers des situations fictives, de ce que c'est que vivre, c'est-à-dire se réjouir et avoir peur, aimer, désirer.

Lire est une connaissance et une expérience du monde, auxquelles on n'accédera pas forcément parce qu'on aura appris à repérer dans un récit quels sont les « adjuvants » et les « opposants » que rencontre le héros ou le personnage principal, et qui favorisent ou retardent son action. Laissons Greimas et la sémantique structurale aux futurs professeurs — et encore.

On n'a pas besoin, pour aimer lire, pour aimer les livres de fiction, de poésie et d'imagination, de tout un embarras théorique qui accroît la distance avec les livres au lieu d'en rapprocher. Ni du recours à des notions issues pour l'essentiel d'une linguistique aujourd'hui en déclin. Le professeur peut y être initié, à l'occasion, pour maîtriser ce dont il parle. Mais ce qu'il doit enseigner, c'est la pratique, pas la théorie des livres. Un œnologue est autre chose qu'un amateur de vins. La preuve, c'est qu'il recrache ce qu'il goûte...

## « *Nous, on n'aime pas lire* »

*Alice et Sophia sont assises côte à côte, l'air soucieux. Une pile de livres les entoure.*

Cette phrase est ce qu'on appelle une « didascalie ». Tous connaissent le mot, aucun n'y attache tellement d'importance, et peut-être de sens. Qu'est-ce qu'une « indication scénique » (le sens est le même, en moins prétentieux) pour un élève de quatrième ou de troisième qui n'est jamais allé au théâtre ? En tout cas, ce qu'elle reflète ici, placée en exergue d'une saynète, c'est la vision étouffante, vraie vision de cauchemar, qu'ils ont d'un monde peuplé de livres... Du reste, aucune autre occurrence de ce mot dans tous leurs textes. Ni comme loisir ou distraction, ni comme travail ou obligation. C'est un monde sans livres, le monde où ils évoluent.

Est-ce qu'on peut essayer d'y voir clair sur cette question ? Pas sûr : tout est tordu, piégé par de fausses évidences, qui cachent souvent de vrais rejets. C'est une question que j'aborde souvent avec des bibliothécaires, dont l'angoisse est comme on dit « palpable ». Comment faire lire, disent-ils (elles, le plus souvent) ? Pourquoi certains « ne viennent-ils jamais » emprunter des livres ? Plus d'une fois, pour les rassurer, je finis par leur dire : faire lire ce n'est pas mener une campagne de vaccination. On ne vaincra jamais toutes les résistances de tous les adultes (souvent liées à de mauvais souvenirs scolaires) face à la lecture. La seconde chose que je leur dis, c'est : mieux vaut lire un seul livre qui vous transforme que d'en lire cent qui ne vous font ni chaud ni froid. Mais la même angoisse est tout aussi palpable chez mes deux jeunes collègues de Toulon. En pire, probablement, parce que c'est l'une de leurs tâches prioritaires : faire lire les enfants, les élèves.

Tout le monde a son avis là-dessus. Et ce sont des avis contradictoires. Par exemple, moi, je sais ce que c'est que l'amour des livres — quelque chose de plus fort que le goût de lire. Mais je ne sais absolument pas comment ça naît... La réponse à cette question qui a eu le plus de succès, tout le monde l'a en tête, c'est celle de Daniel Pennac dans son *Comme un roman*. Elle est reproduite au dos du livre en tête des « droits imprescriptibles du lecteur » : « On a le droit de ne pas lire. » Je ne peux lui trouver qu'une qualité, à cette réponse provocante. Comme on dit, elle « dédramatise » le problème. Elle retire aux non-lecteurs la culpabilité qui pèse sur eux ; elle pointe à juste titre qu'on peut s'en tirer, scolairement, socialement, personnellement par d'autres voies. On ne peut cependant pas éviter de se poser une question : évidemment, ça n'est pas « interdit » de ne pas lire, mais est-ce *satisfaisant* ? Est-ce qu'en exerçant à plein son « droit de ne pas lire », on ne se retrouve pas privé de quelque chose d'essentiel ?

S'il n'est pas forcément bon de lire, *il est possible aussi qu'il ne soit pas bon de ne jamais rien lire.* On trouve partout de quoi réfléchir, rêver, imaginer, comprendre le monde. Mais ce qui se trouve uniquement dans les livres, je ne parle pas des livres de maths, mais des livres de poésie, d'imagination, de fiction, où le trouvera-t-on ? Comment aurait-on accès, si on ne lit pas, à toute cette part de nous-mêmes, nous humains, qui s'est fixée dans les livres ?

Il vaudrait mieux renverser la formule : c'est lire *qui est un droit,* et ce droit, il est dommage que tous ne puissent pas l'exercer. Soit parce qu'ils n'ont pas un accès matériel aux livres : c'est de moins en moins le cas (voir plus haut). Soit parce qu'ils ont peur des livres. Soit enfin parce qu'ils n'ont pas, et c'est vrai pour beaucoup d'adolescents, une pratique suffisamment fluide, rapide, aisée, de la lecture.

Tel est peut-être, à l'école, au collège, le fond de la question. Redisons-le encore une fois : beaucoup d'élèves n'aiment pas lire, *parce qu'ils n'ont pas bien appris à lire.* Ils lisent trop lentement, ils ont les plus grandes difficultés de déchiffrement, comment voulez-vous qu'ils ne s'ennuient pas ? Exemple avec l'une de mes classes de troisième : à un moment, les deux petites filles de ma pièce qui ont treize ans parlent entre elles des techniques d'embaumement des momies. Et la cervelle ? On la retire par le nez, etc. Couche-toi, dit alors L., que je regarde dans ton nez. Pour quoi faire ? Pour voir ta cervelle. Toute cette page leur paraît obscure. Je cherche à comprendre pourquoi, j'explique, puis je choisis un autre moyen : je la raconte autrement, avec des mots d'aujourd'hui. Ils éclatent de rire. Ils n'avaient tout simplement pas compris en lisant. En m'écoutant, oui, bien sûr ! Aussi quand N. me dit une énième fois (me crie plutôt) qu'elle « n'aime pas lire », qu'elle « ne veut pas lire », « n'a jamais lu un livre en entier » (ce que son professeur me confirme), je lui demande si elle a du mal à lire, si elle lit lentement. Elle finit alors par s'énerver (elle l'était déjà pas mal depuis le début) : « Mais Madame, elle crie à pleine voix, quand je lis, je vois bien les mots, mais je vois rien, là ! » et elle se frappe vigoureusement le front du plat de la main.

Tous les instituteurs vous le diront : sans un vocabulaire déjà acquis de, mettons, deux mille mots, à l'entrée du cours préparatoire, l'apprentissage de la lecture est fragile : il ne s'appuie pas sur des bases solides. Et que peut-on édifier sur des bases d'argile ? Quel avenir, je ne dis pas seulement scolaire, attend un enfant qui en sixième ne lit pas couramment ? On sait que leur pourcentage va croissant : on a déjà atteint la barre des 20 %. C'est pour cela qu'on ne peut qu'approuver les termes d'une réforme qui souhaite remettre les « fondamentaux » (lire, écrire, compter) au cœur des premiers apprentissages.

Lire donne « du vocabulaire » : mais suppose aussi d'en avoir. Cercle vicieux. D'où la nécessité d'en revenir à certains exercices chargés de l'assurer. C'est le moins qu'on puisse faire pour ceux à qui la pratique quotidienne, familiale, n'en fournit pas assez. Ce que je dis là, est-ce que c'est du « populisme », pour reprendre le mot, fâcheux, d'un ancien ministre ? La défense du « peuple » n'est pas du populisme : le populisme, rappelait Bronislaw Geremek peu avant sa disparition tragique, c'est exploiter l'absence du peuple sur la scène publique.

## *On me dira...*

> NENÊ : Oh, tu sais combien j'ai de money ?
> LE TURC : Combien ? Tu vas me le dire. 10 euros ?
> NENÊ : Ne dis pas de sottises, j'ai 70 euros. Je vais m'acheter le maillot de Monaco avec cet argent.
> LE TURC : Monaco !!! Tu veux que je te fasse mordre le bitume !

... mais aujourd'hui le monde est différent ! Il abonde en sollicitations infiniment plus séduisantes que la lecture d'un livre, cette pratique aride (du moins pour qui « n'aime pas lire ») qui demande silence, concentration, solitude, effort. Comment intéresser à des livres des enfants pris par les jeux vidéo, la passion des stars du football, l'Internet, et la vie difficile d'une cité ! Une seule règle pour répondre à cette objection : ne jamais poser qu'il y a une antinomie entre les deux, le livre d'un côté et, de l'autre, le monde des jeux vidéo et de la télé. Même si c'est en partie vrai. Même si le temps passé devant la télévision est forcément retiré à autre chose ; même si l'habitude des images brutales et des montages simplistes rend rebutante la lecture de textes forcément plus complexe, plus abstraite et moins immédiate. Peut-être faut-il plutôt essayer seulement de faire comprendre que lire apporte *autre chose*, à quoi on pourrait peut-être sacrifier quelques heures de jeu vidéo ou d'Internet. Qui rendra le sentiment du monde plus fort, plus vivant, plus mystérieux que ne le suggèrent les jeux vidéo et la télévision.

J'en conviens : il faut se demander pourquoi il importe tellement que soit transmis l'usage articulé, souple, complexe, des mots — de la phrase, du discours, du langage. Qui ne s'exprime pas aisément avec des mots, disait un jour un théoricien de la réforme, le fait par d'autres moyens : et ce n'est pas grave ! Il n'a pas de syntaxe ? Il y supplée par l'intonation, le geste — ce qui n'est pas sans risque, on en conviendra, pour la paix scolaire et la paix tout court. Mais il s'agit aussi de penser, non pas seulement de « s'exprimer », et la pensée se fait dans l'organisation de la phrase. Aucun logiciel n'aurait été concevable, si sophistiqué qu'il puisse être, sans le fondement logique des articulations de la pensée dans les mots. Ce n'est pas parce que notre « cerveau » est un ordinateur que l'ordinateur a été conçu par l'homme : c'est parce que l'homme pense, et la pensée n'est pas une hormone, une sécrétion des cellules cérébrales… On en revient à ces hérésies cognitivistes contre lesquelles se dressait déjà, en son temps, le coléreux Georges Canguilhem. Pour lui, le modèle « cognitiviste » de l'identité « pensée-cerveau-ordinateur » n'était qu'un moyen de faciliter l'introduction de l'ordinateur dans la société : « Que pourrions-nous avoir contre l'ordinateur si notre cerveau est lui-même un ordinateur ?

L'ordinateur chez soi ? Pourquoi pas puisqu'un ordinateur est en chacun de nous ? » écrivait-il.

Et puis il s'agit aussi de rêver, de s'ouvrir à des formes variées d'émotions inconnues, d'imaginer... Avec ce mot d'imagination, je l'ai constaté, je n'ai aucun succès dans ma classe de troisième. Si je dis que le bonheur de lire, c'est celui de connaître, en les imaginant, des scènes qu'on n'aurait jamais envisagé de vivre, je suscite de la défiance. J'insiste. C'est bon, c'est plaisant d'imaginer, non ? De toute façon, quand on te raconte une histoire, tu es bien obligé de le faire ? Un garçon me répond, sans agressivité, plutôt avec tristesse : Moi, les histoires de mes copains, y a rien à imaginer. C'est toujours la même chose, des histoires de bagarres...

Il en va de même probablement avec les séries qu'ils aiment regarder, les spots ou les clips télévisés de MCM... Qu'ils aiment — ou non : leur propose-t-on autre chose ? Alors que fait l'école, quand elle ne donne pas des aliments plus sains, et plus savoureux, à ces appétits d'enfants, d'adolescents, qui n'ont pas toujours eu le temps et le loisir de se faire connaître ?

Il faut aujourd'hui un certain courage, face à l'opinion dominante, pour oser affirmer que jeux vidéo, spots et clips télévisés, Internet, vie quotidienne, tout cela charrie en masse de l'information, de la distraction, du plaisir, de la peur, de la jouissance, *mais pas de la pensée*, si on entend par là une capacité de prendre ses distances, de revenir sur ce qu'on a vu et sur soi. Ni de l'imagination créatrice. Alors, que faire ? Imposer à des adolescents des formes autoritaires d'apprentissage de la langue, lecture, écriture obligatoire, qu'on leur demanderait de substituer à leurs occupations quotidiennes ? Non, évidemment. Mais les amener à voir et à comprendre tout ce qui leur serait donné en plus, s'ils avaient un meilleur usage du langage et un meilleur accès aux œuvres où il s'est incarné. Qu'ils se dégageraient plus aisément d'une oralité qui laisse la langue (et l'esprit) dans une fluidité et une incertitude déconcertantes. Qu'ils se dégageraient davantage du monde étroit et souvent dur où leur existence quotidienne les enferme.

... Pour un monde qui (on ne parle que de ça) n'est ni bon ni facile à vivre, quelle fascination démente nous a donc saisis, l'école surtout ? D'où nous est venu cet appétit de soumission ? Cet agenouillement servile devant les choses d'aujourd'hui, le temps présent ? Ce rejet et de l'avenir et du passé ? Comment se fait-il que nous n'ayons plus l'audace politique d'imaginer devant nous un monde meilleur ou du moins un peu plus juste et d'éveiller dans les jeunes âmes le désir d'y travailler ? Et que nous n'ayons plus le goût de leur faire connaître les formes, les êtres et les choses qui l'ont composé, dans les innombrables hiers qui s'étagent à l'infini tout au long des œuvres ?

## *Échec*

> LUCIE : Mes professeurs m'expliquent mal et je suis perdue.
>
> MARIE : T'as qu'à changer de collège.
>
> LUCIE : Ma mère ne voudra pas, je pense.

Pour les élèves la réponse est simple : s'ils échouent, c'est qu'on n'en fait pas assez pour eux… Qui pourrait le croire en voyant la richesse luxuriante des « salles informatique », des médiathèques, et même des ateliers des Sections d'éducation générale et professionnelle adaptée (SEGPA) ? Mais les élèves ne parlent pas de cela ; ils ne demandent pas plus de médiathèques et d'ordinateurs. Ce qu'ils disent, c'est que leur échec est « la faute des professeurs ». Naturellement, ils feraient bien de s'en prendre à eux-mêmes, à leur désinvolture, à leur manque d'« investissement », comme on dit. Mais là où ils ne se trompent pas, c'est en désignant le lieu où ça se joue : dans l'investissement et l'action du professeur. Par-delà toute la mécanique des adjuvants extérieurs.

Du coup, en contemplant la richesse et la profusion matérielle dont les collèges sont gavés, je laisse passer cette petite voix qui me souffle à l'oreille et que je refusais d'entendre : Est-ce qu'on n'en fait pas trop ? Naturellement, je ne crois pas qu'elle veuille me dire : est-ce qu'ils le méritent ? Ou, comme aux États-Unis, est-ce qu'ils sont de toute façon éducables ? Cela dit, après les émeutes de banlieue de 2005, on pouvait lire çà et là qu'elles étaient le signe non seulement d'un échec de l'intégration mais d'une impossibilité à intégrer une certaine catégorie de jeunes « issus de l'immigration », rebelles « culturellement » aux normes républicaines. Qu'ils importaient du reste à l'école les normes de leur « culture » et de leur religion, etc.

Ma question — celle qui m'est venue, ou qu'on m'a soufflée — est beaucoup plus inquiétante. C'est la suivante : est-ce qu'on s'y prend comme il faut, en essayant de tout résoudre par un investissement massif et considérable en matière de *fournitures* ? Car si on compare les moyens mis en œuvre et les résultats obtenus, la disproportion est frappante : médiathèques et soutien scolaire, couloirs fraîchement repeints (pas partout mais de plus en plus) et salles vidéo, enseignement artistique, dévouement des professeurs. Et au bout ? Décrochages en tout genre, absentéisme endémique, sorties du collège sans diplôme (cent cinquante mille jeunes chaque année), langue erratique et orthographe déstructurée, taux d'échec écrasant au brevet : plus de 70 % n'obtiennent pas une moyenne de 10 aux épreuves écrites. Mais il est extrêmement inquiétant que les collèges « ordinaires » n'obtiennent pas, eux, un taux de réussite supérieur à 43 %. Comme on me l'a dit à plusieurs reprises, non seulement certains élèves ne progressent pas au collège, mais ils régressent plutôt, perdant les acquis des classes élémentaires.

Mais tout de même, comment peut-on dire qu'on en fait trop ! L'égalité des chances n'est-elle pas à ce prix ? Tout faire pour combler le retard essentiellement imputable aux conditions sociales, économiques, familiales des enfants, n'est-ce pas la seule solution ? En somme, recourir à une forme acceptable de « discrimination positive » pour ceux qui sont, on l'a vu, déjà discriminés par tout le reste... Oui mais, au bout du compte, « ça ne marche pas », ou ça marche « mal ». L'impression que j'ai eue dans mes courts séjours (mais j'ai tout de même pris le temps de voir la cité, les écoles maternelles et primaires, etc.), c'est qu'il y avait comme une inadéquation entre l'offre — énorme — et la demande. Comme dans ce numéro de cirque où chacun des deux clowns tend la main vers l'autre et ils se croisent sans arriver à saisir la main de l'autre... Mais là, il n'y a pas de quoi rire.

## *Offre et demande*

> JOHN : Je voudrais te demander une chose.
>
> ABDEL : Tout ce que tu veux.
>
> JOHN : Comment vous faites pour vivre avec cette guerre ?
>
> ABDEL : Tu sais, quand tu as vécu dans ce pays depuis quinze ans, avec presque tous les jours des attentats, je crois que tu peux t'habituer.

J'ai été saisie en lisant ce texte. Bien plus que par les images d'improbables bons sentiments entre un jeune Américain et un jeune Irakien : par la métaphore qu'il me semblait y déceler. Là où vit Abdel, c'est une guerre, à laquelle il est habitué. Une guerre que nous ne voulons pas voir. Une guerre ? Oui. En eux, et autour d'eux. Une guerre économique, sociale, culturelle. Le sentiment, plus ou moins justifié et auquel ils sont comme Abdel plus ou moins habitués, qu'ils ne sont pas nés du bon côté du monde. Qu'il y a un fossé, infranchissable, entre la vie qu'ils mènent et la vie qu'ils voudraient mener. Entre leurs attentes d'adolescents et la réalité. Entre leurs rêves et la certitude qu'ils ont de ne jamais les réaliser. Au fond, leurs besoins véritables, leurs attentes nous échappent. Du coup, parce que nous ne saisissons pas quelle est la nature exacte de leur « demande », notre « offre » est peut-être totalement inadéquate — en feraient partie ces visites comme la mienne ? Sans doute, sauf si, peut-être, me dis-je, je leur ai rendu les livres moins lointains, moins odieux, moins rébarbatifs.

Offre, demande. Les mots ne sont pas gracieux, ils relèvent d'une logique marchande à laquelle je voudrais bien voir l'école échapper — au moins l'école, si toute notre vie y est aujourd'hui soumise. Mais il est clair qu'ici il y a une demande, et qu'elle est immense. De quelle nature, ça c'est autre chose. Sociale, scolaire ? Et le lien entre les deux est très complexe. On croit qu'on raisonne bien quand on dit : tout vient de l'environnement socioculturel. Mais qu'est-ce que cela veut dire, exactement ? Qu'un tel environnement rend l'accès au savoir plus difficile, parce que la famille ne peut pas aider l'enfant, parce qu'elle n'a pas eu elle-même accès à la connaissance ? Parce que la famille est trop lourdement occupée à survivre, à boucher les trous de la nécessité et que, fatalement, l'enfant, l'adolescent, en est pénalisé ? C'est parfaitement vrai, qui songerait à le nier ? Mais des différences « socioculturelles » doivent-elles entraîner des contenus de savoir différents ? Une réflexion sur les méthodes, assurément : plus la distance est grande entre l'élève et le savoir, plus il faut se montrer ingénieux pour la franchir.

Car le savoir, les contenus de savoir doivent être les mêmes, pour tous : sinon on aggrave le handicap. Ce que je dis là n'est pas à la mode ? Et alors ? Cela saute pourtant aux yeux quand on regarde les allées et venues des élèves dans les couloirs du collège entre deux cours. Me reviennent alors les sophismes dont on a abreuvé l'école depuis plus de vingt ans. Que pour répondre à l'arrivée de nouveaux publics, à leurs difficultés, on devait cesser de vouloir enseigner à des élèves « en masse » ce qu'on pouvait enseigner « à un petit nombre ». Sur le fond, comme dans la forme. Dans les contenus, et dans l'approche qu'on en fait. On est même allé très loin : dans un livre de Louis Legrand intitulé *Une école pour la justice et la démocratie*, paru en 1995, on pouvait lire ceci : « L'enseignement des enfants des classes populaires nécessite obligatoirement le détour par le concret, le pratique et le relationnel, c'est-à-dire par la pédagogie. » J'ai trouvé cette citation dans *L'école en désarroi*, l'excellent livre paru récemment d'un ancien inspecteur d'académie, Jean-Louis Riocreux. L'abstrait pour les riches, le concret pour les pauvres ? C'est ni plus ni moins du racisme ; cela m'a rappelé un haut fonctionnaire français que j'avais entendu en Afrique dans le début des années soixante-dix pérorant à l'envi sur le thème « les Noirs, hélas, ne sont pas cartésiens ».

Confusion, déni de justice, imposture ou forfaiture : aucun mot n'est trop sévère. Les élèves sont plus nombreux ? Sans doute. Peu préparés par leurs familles à recevoir un enseignement traditionnel ? Bon. Alors, faisons ce qu'il faut. Dotons les établissements de plus de professeurs (c'est pour cela qu'on peut être terriblement inquiets de toute mesure de réduction de leur nombre). Donnons aux professeurs une formation plus approfondie, mieux ajustée dans chaque discipline aux besoins d'une nouvelle population. Inventons des méthodes. Et surtout laissons aux professeurs, avec leur droit à aimer la discipline qu'ils enseignent, le droit à une liberté essentielle, la liberté pédagogique. N'oublions jamais non plus qu'à l'école élémentaire et dans les premières années du collège, au moins, les besoins sont *les mêmes pour tous les enfants, pour tous les élèves* : ce sont ceux d'une instruction de base. Et plus que tout : n'assignons pas les élèves à leur origine, ou à leurs déterminations sociales; aidons-les plutôt à conquérir contre elles leur liberté. La phrase de Sartre, « L'important n'est pas ce qu'on fait de nous, mais ce que nous faisons nous-mêmes de ce qu'on a fait de nous », vaut, à l'école, pour programme.

Ce n'est pas dans ce sens qu'on est allé. Dans un esprit « compassionnel », proprement clérical, qui a marqué et marque encore le pédagogisme, on s'est livré à une modification complète dans l'esprit et dans la lettre de tous les apprentissages afin de traquer l'« élitisme » masqué ou déclaré des matières jusque-là enseignées. Enseigner, ce n'est désormais rien d'autre que permettre à l'enfant de révéler ce qu'il sait déjà, sans le savoir, et que les formes de la discrimination sociale oblitèrent ou dévient.

Qu'un petit nombre ait pendant longtemps pu confisquer le savoir, la connaissance, voire la culture à son seul profit — et ait fait de cette confiscation un moyen de domination —, cela est hors de doute. Notre règle devrait donc être simple : tout faire pour permettre au plus grand nombre l'accès, qui lui était jusque-là interdit, aux meilleures productions de la science et de l'art. Et non décider d'en finir avec elles! (On la cite souvent, mais elle était admirable, cette formule d'Antoine Vitez d'un « théâtre élitaire pour tous ».) Résultat ? Ce qui devait permettre aux couches populaires d'accéder à la « pensée abstraite » que seule l'élite manipule avec aisance — affreux postulat ! — a conduit le système tout entier à un abaissement général, et des connaissances et du niveau d'exigence. Au fond, on est allé au plus simple : pour permettre la réussite du plus grand nombre, on a décidé que le 100 mètres serait ramené autoritairement à 90 mètres. Eh bien, même ça, ça n'a pas amélioré les performances des élèves...

## *Antiélitisme*

> BOYGA : L'école est tout de même plus importante que le foot !

Ils le savent, et le disent. Mais qu'est-ce qui est important à l'école ? À force de refuser tout ce qui pourrait donner aux non-privilégiés un sentiment d'exclusion, fallait-il priver l'ensemble d'une classe d'âge de l'accès à ce qui avait été pour beaucoup une expérience dont ils se souviendraient toujours ?

Il y a quelques années, Jean-Pierre Vernant évoquait dans un entretien ce moment où, en classe de quatrième, il avait lu le chant VI de l'*Odyssée* où Nausicaa, la fille d'Alcinous, roi des Phéaciens, voit s'avancer vers elle Ulysse qu'un naufrage vient d'abandonner sur son île... Cette anecdote m'en rappelle une autre : à un débat sur l'éducation, organisé par la Fnac, participait un jour un jeune professeur de collège, d'une ville de Normandie, quelque chose comme Lisieux — ce nom ne suscite généralement pas d'images de banlieues révoltées. Il était arrivé avec un peu de retard, et raconta qu'il était encore sous le coup d'un incident, franchement désagréable, survenu le matin même dans une classe de troisième ou de quatrième : les élèves avaient organisé un concours de pets. Mais durant le débat, il se rasséréna, parla de sa propre enfance, modeste, de l'enseignement qu'il avait reçu et de sa tristesse de voir qu'aucun adolescent d'aujourd'hui (il n'était pourtant pas bien vieux) ne rencontrerait plus, comme il l'avait lui-même rencontrée, la jeune Nausicaa étendant du linge sur la grève tandis qu'Ulysse, que le naufrage a dépouillé de tout, cache sa nudité derrière un buisson.

## *Les besoins de base*

MARIE : Pourquoi cet élève a du mal à comprendre ?
LUCIE : Parce que cet élève vient de l'étranger.
MARIE : Ça doit être si dur pour lui, le pauvre !
LUCIE : Oui.

Les « besoins » ou la « demande » des enfants en « éducation prioritaire » sont les mêmes pour tous les enfants du même âge, mais ils sont encore plus criants ici, du fait même de leur environnement : un accès insuffisant à la langue (au vocabulaire), peu d'aide familiale, et peu de protection contre la violence de la télévision et d'Internet. À cette demande-là, qui est une demande d'urgence, l'offre dont nous avons parlé répond-elle ? Ce dont ils manquent, est-ce qu'on y répond véritablement par l'extrême sophistication de propositions techniques, par des projets artistiques variés, par le développement multiforme et multivarié de sollicitations nouvelles, alors que les besoins essentiels ne sont toujours pas traités ni remplis ? Je ne sais pas. Je ne crois pas. Car ce sont des besoins élémentaires, au vrai sens du mot : simples, essentiels, comme manger et boire. Et il faut y répondre avec une extrême simplicité afin que tous les élèves sachent lire correctement, c'est-à-dire qu'ils disposent du vocabulaire suffisant pour que le déchiffrement des mots s'accompagne de représentations mentales complexes. Apprendre à manier sa propre langue, c'est s'armer de connaissances de base à travers cet apprentissage — c'est faire l'apprentissage de la logique, de la déduction, de la construction, dont on aura besoin plus que jamais pour aller s'informer sur Internet, et faire le tri de cette information. Lire, écrire, observer : triade indispensable pour pouvoir ensuite passer à l'étude des choses plus complexes qu'offre le monde d'aujourd'hui.

Ce que je dis là, tout le monde le pense, mais on n'ose pas toujours l'affirmer. Par exemple, on jette les enfants dans de ridicules et inutiles apprentissages, comme celui des rudiments d'une langue étrangère, qui leur font perdre un temps précieux... Mais je m'interroge aussi beaucoup sur ce « collège cent pour cent numérique » qui va s'ouvrir à la rentrée dans une banlieue, à Goussainville, près de Paris. A-t-on besoin d'un tableau numérique pour apprendre les choses de base, les choses élémentaires en l'absence desquelles aucun édifice de savoir ne peut être construit ?

Il y a plus : la machine, les machines suscitent un enthousiasme tout extérieur, une passion brouillonne, qui ne met pas forcément les enfants dans la disposition requise pour comprendre, apprendre, retenir... Le spectacle de leur dispersion, de leur remarquable manque d'attention, de l'excitation où les plongent la vue et l'usage des ordinateurs, est le plus désolant qui soit. En s'agitant autour des machines, ils donnent l'impression de fuir quelque chose, qui est peut-être l'angoisse née d'un immense appel, auquel on ne répond pas, et dont ils ignorent la nature. On ne pense plus alors qu'à imaginer un renversement complet des choses. À les tenir quelque temps à l'écart de toute cette machinerie technique en laquelle les parents, surtout les plus modestes, ont une confiance illimitée et imméritée. On a envie de prendre les élèves par tout petits groupes — c'est là qu'il faut mettre les plus gros moyens : dans le nombre des maîtres. De les calmer un moment. De leur demander de se tenir tranquilles devant une feuille, un crayon à la main, et d'y écrire ou d'y recopier (excellent exercice selon Alain) une phrase simple. Puis une autre. Belle si possible. De les tenir devant un livre. De les faire lire tout haut, l'un après l'autre.

Comme disait Victor Hugo : pour les cultiver, vivifier, édifier, attendrir, apaiser.

Apaiser, surtout. Résumons-nous : beaucoup de professeurs, davantage de professeurs, mieux payés, mieux formés... Et beaucoup de temps avec des livres.

Cela coûte cher ? Oui. Mais l'éducation est un budget prioritaire pour une nation.

## « *Le Dormeur du val* », *derechef*

> ALICE : Eh bien alors ?
> SOPHIA : J'ai le cœur lourd.
> ALICE : C'est encore une citation d'Arthur Bimbo ?
> SOPHIA : Déjà ce n'est pas Arthur Bimbo mais Arthur Rimbaud.

J'y pense en permanence, avant mes visites et après, dans le train et chez moi... De la réalité quotidienne de l'enseignement, je ne peux apercevoir que des bribes, de ses échecs et ses réussites, même chose. Mais je l'ai dit : je me suis sentie incroyablement émue, en entendant T. dire de mémoire un vers du *Dormeur du val* avec un air de satisfaction et de connivence heureuse.

Alors, de retour chez moi, j'éprouve une indignation neuve, renouvelée, en voyant développer dans un article la thèse selon laquelle l'apprentissage d'une langue structurée serait une façon moderne de « mettre au pas » les couches populaires, de leur donner la honte de « leur » langue afin de mieux les soumettre à « la langue des maîtres ». Si défavorisée que soit la famille d'un élève, si réels que soient aujourd'hui les mécanismes de la domination et de l'exploitation, la situation des enfants des couches populaires n'est pas une situation coloniale. Le soutenir revient à leur interdire d'avoir accès à la langue des « dominants » et de se la réapproprier. En revanche, les faire entrer dans leur langue, et s'en rendre maîtres, c'est leur ouvrir des portes. Pas toutes mais quelques-unes. Car justement l'un des malheurs de la jeune génération, surtout si elle appartient aux milieux en difficulté économique, c'est d'être enfermée. Enfermée dans son monde, enfermée dans la triste prison du présent. Et d'abord dans un langage pauvre et sans le recours d'un autre, plus élaboré, pour mettre à distance le clinquant de la modernité. Que renforce encore l'idolâtrie de la technique parce qu'elle rend obsolètes tous les mondes qui nous ont précédés. Nous parlions de l'Égypte ancienne, parce qu'il est question dans ma pièce de techniques pour embaumer les momies. « Nous, on n'aime pas l'histoire », deux au moins l'ont dit. Pas même les momies et les pyramides ? ai-je objecté. Un garçon m'a fait une concession : Oui, les pyramides, d'accord, mais c'était bon pour les Égyptiens. — Au fond, ai-je répondu, ils étaient moins bien, les Égyptiens, parce qu'ils n'avaient pas de téléphone portable. Ils n'ont pas eu l'air de penser que je plaisantais.

En effet. Quand on n'a pas d'autres modèles ou d'autres références que la culture des parents qui tombe en lambeaux, et la télévision, comment aurait-on de l'estime pour des hommes *aussi retardés* que les Égyptiens anciens ? Pour eux, ces Égyptiens d'il y a si longtemps ne sont-ils pas un peu comme les grands-parents qu'on retrouve chaque année « là-bas », vivant dans un inconfort total, et qu'on cherche à éblouir avec toutes sortes de gadgets modernes apportés de France ? Ça fait peur à bien des enfants d'aujourd'hui, l'idée qu'on pourrait être un Égyptien ancien, sans Internet.

Cela dit, le plus réussi de leurs textes, le plus cocasse, c'est l'histoire de deux adolescents de la X^e^ dynastie, dont l'un s'appelle Canabis, qui se collent une indigestion de scarabées frits durant une momification.

## *La technique*

FLORANTIN : Dis, les mutants, ça existe ?
JUSTINE : Bien sûr que non, bêta...

Sans doute les mutants n'existent-ils pas, mais la technique est l'objet d'une croyance aussi irraisonnée, aussi irrationnelle. Car l'« horizon technique » est l'horizon indépassable de notre temps. Peut-être est-il excessif d'évoquer la folie « prométhéenne » de l'homme moderne, ou de condamner la démesure d'un Descartes rêvant de faire de l'homme « le possesseur et maître de la nature » (il a d'ailleurs dit « comme », ce qui réduit singulièrement sa prétendue *ubris*). Mais il y a au moins deux choses qui pèsent lourd sur l'« homme moderne », singulièrement quand il est, culturellement et économiquement, démuni. La première (voir plus haut) est que la technique dévalorise toutes les époques et les civilisations où elle ne régnait pas. La seconde est que plus d'une invention technique se fait aux dépens et au détriment de notre intelligence. Par l'usage d'instruments qui sont, eux, le fruit de la réflexion et de l'intelligence. Paradoxe dont on mesurera l'étendue à travers un exemple simple, celui du GPS (guidage terrestre par satellite). N'importe qui peut désormais, sans réfléchir, être emmené là où il veut aller. Naturellement la machine peut accomplir ce que nous ne pourrions pas par nos propres moyens. Mais elle rend en même temps totalement inutile l'art de s'orienter, d'apprendre à s'orienter, d'apprendre à acquérir le « sens de l'orientation », ce qui demande de l'intelligence, et une intelligence de la meilleure sorte : pratique, quotidienne, avec des enjeux (vous devriez être de mon avis, thuriféraires des sciences cognitives).

... En ce temps d'écologisme appuyé, on aimerait rappeler le souvenir d'un très beau film d'Akira Kurosawa, *Dersou Ouzala*. C'est l'histoire, au début du XX$^{e}$ siècle, de la rencontre dans la taïga entre un topographe russe et un vieux chasseur, qui est en possession d'un savoir qu'on a complètement oublié. Il est même capable de prédire quand la pluie va cesser ! Étonnement de notre savant. Pourtant c'est tout simple : il suffit d'être attentif aux oiseaux. Quand ils se remettent à chanter, ça ne va pas tarder.

J'en fais l'expérience chaque saison dans mon jardin. Et je pense alors à Dersou Ouzala, et à l'homme d'aujourd'hui rivé chaque soir devant le « bulletin météo ». L'observation et l'expérience ne remplacent naturellement pas la science : mais il ne faudrait pas que la science, et la technique surtout, les tue.

Immenses conséquences d'instruments qui développent notre pouvoir tout en réduisant nos capacités de compréhension ! Toute la technique repose sur ce terrible malentendu. Plus besoin de compter, il y a des calculettes ; plus besoin de mettre l'orthographe, disent « mes » élèves, l'ordinateur s'en charge. Je confonds le nord et le sud ? Je ne suis pas capable de me servir d'une boussole ? Peu importe puisque je peux avoir un GPS pour moins de 200 €. La technique ne se donne pas à comprendre, seulement à utiliser. Si une machine répond pour nous, nous ne serons plus bientôt qu'une pauvre âme peureuse, réfugiée dans un scaphandre hérissé d'antennes et de prothèses.

## *Courroux*

ALICE : Ils sont quand même relous tes parents, mais remarque, s'ils sont comme ça, c'est qu'ils t'aiment.

Il y a beaucoup de « trop » au sens de « très » dans leurs textes, et de mots devenus courants comme celui-ci, « relous », que tout le monde comprend. C'est normal, ce sont des dialogues de la vie courante. Mais dans un des textes qu'ils ont écrits figure le mot « courroux » qui en surprend plus d'un quand il est lu à voix haute. D'où ce mot est-il venu ? Mémoire de quel texte ? On en parle. Le sens ? On réfléchit, on hésite. Je dis qu'on y entend gronder la colère comme dans la gorge d'un tigre (ou d'un chat). L'un d'eux, qui a choisi comptabilité et n'a pas de très bons résultats — mais il est venu quand même et il est content de tout ce que nous avons fait —, me regarde avec un sourire par en dessous qui cherche la connivence. Ça lui plaît bien ce mot qui roule dans la gorge comme la vague roule les galets — et, justement, en style soutenu de poésie classique, on dit de la mer qu'elle est « en courroux ». J'insiste.

Colère ? Irritation ? En tout cas, même pour le *Littré*, c'est du style « rare » et « soutenu ». Est-ce que ça sert à quelque chose de connaître le style rare et soutenu ? Oui. Mais pas en toutes circonstances, on est d'accord. Je me tourne vers lui. Qu'est-ce qu'elle dirait, ta mère, si tu lui disais : Maman, ne te mets pas en courroux ! Il éclate de rire, nous sommes encore une fois très proches. Réponse, parmi tant d'autres, à la théorie de l'oppression par la langue : multiplier les niveaux de langue. Et savoir d'où les mots viennent : que le courroux est une corruption, de l'humeur, de l'équilibre intérieur. Comme la colère, qui n'est autre qu'une « mauvaise humeur », une « humeur noire », en somme une variante du choléra.

C'est pour cela que je regrette deux choses : 1) qu'il y ait trop de textes de littérature jeunesse, comme on dit aujourd'hui, au programme des collèges ; donc trop de langue moderne, pour ne pas parler du reste, du moralisme qui règne dans ces récits pétris d'une vision du monde étroitement liée à notre époque ; 2) que les professeurs qui s'en échappent, et ils sont nombreux, c'est heureux, aillent trop vers des textes traduits et pas assez vers des textes francophones. Je suis frappée du nombre de fois où on m'a parlé de *La Métamorphose* de Kafka. Naturellement c'est un très beau texte, extrêmement singulier et fort. Mais je me demande pourquoi on l'étudie si souvent. Je crains qu'elle n'ait lâché le morceau, cette jeune professeur qui m'a dit un jour : « Et puis c'est une leçon, c'est un bouquin qui apprend à accepter l'autre, l'étranger, celui qui est différent. » Ça m'a rappelé cette conversation cocasse reproduite dans un quotidien au moment (1995) où on célébrait le trois centième anniversaire de la mort de La Fontaine.

C'était un couple de professeurs, anciens soixante-huitards. — La Fontaine ? Ah non, jamais ! disait le mari. Sa morale, c'est travail-famille-patrie. — Oui, rétorquait l'épouse, tu as raison, c'est vrai, mais tout de même, il était responsable des Eaux et Forêts, c'est le premier des écolos…

Ce serait terrible de penser qu'on étudie des textes parce qu'ils pensent bien, et qu'on les refuse quand, selon nos critères, ils « pensent mal ». La Déclaration universelle des droits de l'homme de 1948, hélas, nous y engage, quand elle assigne à l'« éducation » (le mot d'instruction n'y figure pas) la tâche « de favoriser la compréhension, la tolérance et l'amitié entre toutes les nations et tous les groupes raciaux ou religieux ». Fuyons plutôt tout ce qui, de près ou de loin, ressemble à l'enseignement d'une morale positive, comme l'est aujourd'hui ce curieux mélange d'antiracisme et de tri sélectif des déchets qui sévit dans nos écoles. Allons plutôt droit aux textes, aux « grands textes » qui sont une méditation sur l'existence, la finitude, les conflits, l'expérience intérieure, le tragique de toute vie. Et souvent une version non religieuse des questions morales. Si l'enseignement des lettres et la lecture des textes littéraires devaient avoir un sens, et conserver un rôle, et ce dès les plus petites classes, ce serait aussi celui de faire entendre des voix qui pensent mal, des voix politiquement incorrectes, des opinions mal acceptées, de leur temps ou aujourd'hui ; des styles audacieux. Afin que derrière tout cela les élèves voient se profiler des personnalités non conformes, de Baudelaire à Villon, et de Socrate à… — je vous laisse le choix de quelque grande Indignité Littéraire.

## *Le sentiment qu'on a donc pour conclure…*

MARIE : Tu vois, ce n'est pas dans l'avenir que j'ai envie d'aller, mais je voudrais revivre le passé !

… c'est un sentiment extrêmement lourd et pesant. L'école ne concentre pas ses forces sur l'ennemi véritable du développement et de l'« épanouissement » de l'enfant pour une raison essentielle, première, principale : parce qu'elle ne l'identifie pas, ou refuse de l'identifier.

Cet ennemi principal de l'enfant, de l'adolescent (de l'enfant, de l'adolescent d'aujourd'hui, dans notre monde, qui tend à se généraliser), c'est qu'on refuse de voir qu'il est un enfant, qu'il est un adolescent, c'est-à-dire un être en devenir, un être qui doit laisser place à un autre, qui, tout le temps de l'enfance et de l'adolescence, est en train de se former. Adolescent, c'est au sens propre, ce qui est en train de grandir, de devenir ad-ulte ; ad-olescence, comme son contraire apparent, car les mots n'ont pas la même origine, obs-olescence, est un processus. Dans le premier on croît, accroît et grandit ; dans le second, on vieillit et s'use. L'adolescence est devenue un âge qui n'a pas de fin, c'est une « culture » et surtout, aujourd'hui, un marché. L'adulte, qui refuse d'en être un, car ce serait vieillir *et peut-être même un jour mourir,* a conçu ce personnage on ne peut plus étrange d'un être en devenir dont on ne sait pas ce qu'il deviendra, dont on ne veut même pas qu'il devienne. Le fils de mon ami V. l'a très bien compris : il vient d'être collé au bac pour la troisième année. Parce qu'il ne travaille pas ? Oui ; mais pourquoi ne travaille-t-il pas ? *Parce qu'il refuse d'être reçu au bac.* Car ce serait le début d'une vie d'action et de responsabilité dont il ne veut pas. De la vie d'adulte il a tous les avantages : une existence totalement autonome (grâce à l'argent de ses parents) ; une vie amoureuse et sexuelle sans contraintes ; de la musique et des voyages.

Jamais l'adolescent n'a fait l'objet de plus d'études et de plus d'attention ; il n'est pas de jour qu'on ne lise quelque article ou quelque ouvrage où sont détaillés les bouleversements affectifs qu'entraînent les bouleversements de son corps. Mais alors aidons-le ! Et d'abord à en sortir. On dirait que personne ne le souhaite. (En plus, il faudrait lui trouver du travail.) D'où ce prolongement inutile et interminable de la scolarité obligatoire — on songe, paraît-il, à la mener jusqu'à dix-huit ans ; d'où ces garages-garderies que sont devenues les universités, où se continue non pas l'enseignement obligatoire, mais l'adolescence. C'est le mot d'un de mes étudiants qui m'y fait penser. À une question que je posais, il répondit : « Vous, les adultes, vous pensez que... » Je pensais surtout qu'un étudiant était un adulte, jeune d'accord, mais adulte.

L'ennemi de l'enfant, de l'adolescent, c'est ce « monde de l'enfant », ce « monde de l'adolescent » que la société, et singulièrement l'école, se croit en devoir de respecter, c'est cette « culture adolescente » devant laquelle elle s'incline. Comme disait un grand penseur de l'éducation, Alain, l'enfant devient à l'école un élève et un élève, *c'est quelqu'un qui veut qu'on l'élève,* aux deux sens du mot « élever » (latin *elevare*) : nourrir et faire monter. Nourrir le corps et l'esprit, élever l'esprit et l'âme. En entrant à l'école, l'enfant cesse d'être « un enfant » : et il le redevient lorsqu'il rentre dans sa famille. C'est pourquoi, dit toujours Alain, le père est le plus mauvais des maîtres. Ce qui nous renvoie à l'impasse où on s'enfonce en excluant le savoir du rapport entre enseignant et enseigné (rapport de force).

# *Sanctuaire*

> FLORANTIN : Alors, ta sœur est une extraterrestre ?
> VALENTINE : Non, elle est juste douée, c'est tout.

Je vais fâcher beaucoup de gens, mais je me le redis sans cesse, ce mot, quand je franchis l'enceinte du collège. L'école doit être un sanctuaire. Je la trouve trop ouverte sur le monde, sur la rue… Ça ne veut pas dire que je regrette les hauts murs et les portails fermés à double tour. Mais la perte de la distance nécessaire entre le monde et le monde de l'école, oui.

Quand François Bayrou en avait parlé, on l'avait très mal compris. À cause de la connotation religieuse du mot, on avait cru à un tic de père de famille catho. Pourtant personne ne s'étonne quand une armée parle de positions « sanctuarisées ». Ça veut dire protégées. Exactement ça : protégées. Un sanctuaire est un endroit clos, où des choses sacrées sont mises à l'abri. Ça voudrait dire que l'enfance, l'éducation, l'instruction des enfants, des jeunes, est une chose sacrée ? Oui. L'école, pour transmettre le monde aux enfants, doit d'abord les protéger du monde. Du monde immédiat, du monde tel qu'il est, tel qu'il va, dans sa fugacité, son « éphémérité » encore accentuées aujourd'hui par l'information « en temps réel ». Quand un général de Louis XIV remporte une victoire, la Cour en attend une semaine la nouvelle. Quant au peuple des campagnes, il ne le sait en général pas, sauf par le retour de quelque soldat, l'année suivante. Aujourd'hui, tout est différent : nous sommes immédiatement alertés à chaque vibration de la grande toile d'araignée du monde. C'est un des obstacles majeurs à la pratique sereine d'un enseignement, quel qu'il soit. On n'a aucun doute là-dessus, dès qu'on est en milieu scolaire.

Mais il faut aussi protéger l'enfant des valeurs, des formes, des contenus que véhiculent la politique, les religions, la mode, le foot... L'école, si elle doit initier au monde, et elle le doit, ne le peut qu'en prenant appui sur des mondes autres — qu'en faisant le détour, par l'histoire, le passé, la connaissance. Or la philosophie moderne de l'enseignement est, au contraire, que l'école doit affronter directement notre monde et y jeter les élèves. C'est ce qu'on appelle l'apprentissage de la citoyenneté. Il faut voir d'ailleurs ce qu'on met sous ce nom. Je ne suis pas si sûre qu'on a choisi la bonne voie pour en faire des citoyens lorsque je vois les gamins de mon collège mettre du cœur et de la bonne volonté à la réalisation de « projets » tels que, par exemple, « comment lutter contre le trou dans la couche d'ozone et le réchauffement climatique ». Et qu'on mobilise toutes les ressources d'une expression écrite et artistique pour les y « sensibiliser » et faire d'eux « des adultes responsables ». Dans « mon » collège, on l'a fait : et c'était une très belle exposition. Mais ces petits pionniers (sans

Livre Rouge) de l'écologie militante, récitant devant chaque tableau une petite morale du genre « sauvons les bébés phoques », ou « la banquise a reculé cette année d'un million de kilomètres carrés », cela ne m'a pas convaincue.

Leur vie, c'est, je l'ai déjà dit, et je le redis : la cité, la rivalité des jeunes mâles, la résignation (alternant avec la violence) des jeunes filles, un ensemble de modèles puisés dans la starisation des joueurs de foot et des jeunes vedettes de *Star Academy*. À leur âge, la vie devrait s'ouvrir, à l'école, et grâce à elle, à autre chose : à des choses inouïes, non vues, non entendues ailleurs, à des mots, à des modes de dire, de faire, de penser, datant d'avant, parce qu'ils ne savent pas que le monde a commencé avant eux et qu'il continuera après eux. L'enfance, l'adolescence, est la période où on prend des forces, où on se constitue pour les grandes batailles de la vie d'adulte : mais l'enfant, l'adolescent, est comme une plante encore fragile, qui craint le vent froid et les coups de chaud, et a souvent besoin d'un tuteur.

... L'école est là pour faire accéder l'enfant, l'adolescent au monde, d'abord en le protégeant de lui, de sa violence. Elle doit continuer de creuser au sein de la société et des choses de la vie un espace dédié à ces forces qui en nous ont besoin de silence et de paix, autant que d'échange, pour croître. Et le livre est là, au cœur de ce silence. Bruissant de voix, de vie et de passions. Un enfant qui lit, mais un adulte aussi, il n'est pas vraiment là ; mais il est quelque part, soyez-en sûr. Il est là où on ne peut ni l'atteindre ni le rejoindre : il est au plus profond de lui-même et au plus profond du monde. C'est peut-être pour cela qu'on se défie de celui qui lit ; il n'est pas seul, loin de là, mais ses compagnons sont invisibles. Quand Julien Sorel lit près de la grande roue à eau de l'usine, son père, qu'il n'a pas entendu venir moins à cause du bruit de la scie que de l'attention qu'il porte à sa lecture, projette d'une taloche le livre dans le torrent. Le lecteur n'est pas aimé, il s'absente trop.

Le livre est un sanctuaire au cœur de ce sanctuaire, l'école. Non pour séparer l'enfant, l'adolescent, des autres enfants, des autres adolescents ; mais pour lui donner le moyen d'entrer dans le monde et de les y rejoindre par ce détour essentiel. Notre devoir est d'aider l'enfant, l'adolescent à prendre les chemins de cette absence au monde qui est une présence multipliée par le pouvoir de l'imaginaire. Tout enfant a droit à cette paix peuplée.

... Mais qui la leur donnera, qui les y introduira ? L'accès au livre, plus que tout, réclame *des passeurs* : on vient au livre parce que quelqu'un vous y conduit. Et cela durant toute la vie. Combien de fois avons-nous lu, et souvent aimé, un livre parce qu'il nous venait de quelqu'un que nous aimions, en qui nous avions confiance ? Mieux : qui nous avait fait, dans tous les sens, le don de ce livre. Mais on a trop tendance à oublier ou même à mépriser aujourd'hui tout ce qui relève des formes les plus anciennes de la transmission : échange, contact, passage de témoin, don. Les professeurs doivent être capables de ce don ; ils doivent être prêts à le faire. Prêts — et même préparés à ce don. On ne peut faire aimer les livres que si on en a soi-même une fréquentation régulière et profonde.

À ce moment de la réflexion, peut-être faut-il alors poser enfin la question : les professeurs, tels qu'on les forme aujourd'hui, professeurs des écoles et surtout professeurs des collèges, sont-ils en mesure d'être ces passeurs ? Je ne sais pas. Ils ont acquis à l'université un certain nombre de connaissances en histoire et en théorie de la littérature — et rien ne s'oppose à ce qu'on imagine de leur faire approfondir encore ces connaissances. Mais pour être des passeurs du livre, et de la lecture, il leur faut encore davantage : qu'ils soient eux-mêmes de bons, voire de grands lecteurs. Il paraît donc nécessaire qu'on prolonge un peu la durée de formation initiale des professeurs des écoles, des collèges, des lycées. Non en les poussant à des spécialisations inutiles et peut-être même néfastes aux enseignements primaire et secondaire. Mais en leur donnant le temps et l'occasion d'approfondir leurs propres techniques de lecture, au contact des œuvres, au contact des écrivains, au contact des « grands lecteurs ».

Utopie ? Je ne le crois pas. Tout le monde (moi compris) s'est accordé sur la nécessité de donner aux futurs enseignants une connaissance meilleure des grandes religions ; me paraît aussi indispensable de leur donner une connaissance véritable, profonde, des grands textes de la littérature. Ce serait un retour aux « humanités » d'antan ? Sous un autre nom, oui. Car s'il est bon que soit connu et reconnu « le fait religieux », et la transcendance, il serait bon aussi que soit connu et reconnu, si j'ose dire, « le fait humain », dans son immanence irréductible — à travers le trésor des livres, immense leçon de méditation et de réflexion sur les actions et les passions des hommes. Pour ma part, s'il ne s'agissait seulement que d'enseigner aux enfants, aux adolescents, la compréhension et la tolérance, comme on le désire tant aujourd'hui, plutôt qu'aux religions j'aurais tendance à faire confiance à ce grand héritage des humanités, déposé dans les textes de fiction, de poésie et d'imagination.

Pour conclure : aucun professeur ne donnera à ses élèves le goût du livre s'il ne l'a pas lui-même. Qu'on ne me dise pas : mais où trouver le temps de lire, quand on est accablé d'heures, de contrôles, de copies ! Cette question a sa réponse en elle-même : ne pas trouver le temps de lire est déjà un aveu. Le goût de lire ne se mesure pas seulement au nombre de livres qu'on lit, mais au besoin qu'on en a.

## *Les deux moitiés du cerveau*

> J.-B. : Je l'aime, donc ça va.
> MAMADOU : Oui, mais te sacrifier pour une fille !

Argument assené sur un ton sans réplique : maintenant, il y a aussi Internet ! Il y aurait une rivalité entre deux sources de savoir : l'école, d'un côté, et ses maîtres ; Internet, Google et Wikipedia de l'autre. Il faudrait donc « faire avec ». En un sens, oui, mais il faudrait aussi « faire contre ». Non pas l'ignorer, au contraire même en user, autant que de besoin. Mais pour le reste montrer qu'on peut aussi *penser en s'en passant*, qu'on peut s'« informer », apprendre, réfléchir avec des livres et des mots, et aussi s'amuser, se réjouir, s'instruire autrement... Sinon, c'est le désastre. Une concurrence, dont l'école sort perdante.

D'où venait, croyez-vous, cette boutade que m'a lancée un garçon quand j'ai demandé pourquoi les filles, à leur avis, lisaient plus que les garçons ? « Elles utilisent les deux moitiés de leur cerveau, et nous une seule », m'a-t-il dit en rigolant : et j'utilise ce mot dans son sens propre, non comme on le fait aujourd'hui à la place de rire. D'où cela venait-il ? D'une information pseudoscientifique qui a circulé, à un moment, dans les médias, sur la répartition sexuelle des deux lobes du cerveau. Alors, à ce moment (je n'ai pas voulu le faire, ce n'était pas mon rôle, je ne suis pas la « super-nanny » des profs !), il aurait fallu que l'école montre qu'elle a quelque chose dans le ventre. Qu'elle fasse entendre sa voix, une grosse voix, pas celle qui fait peur mais celle qui rassure, comme la grande main de l'homme rassurait le petit bigleux. La voix de l'autorité légitime, appuyée sur la science. Qu'on le dise et que ces enfants l'entendent : c'est une sottise, ni plus ni moins.

... C'est beaucoup demander aux professeurs qui n'ont pas, et c'est normal, toujours la réponse prête. Dans les cours de préparation à ce métier, je verrais donc bien aujourd'hui une formation scientifique minimale, pour tous, littéraires compris, afin qu'ils puissent résister aux erreurs scientifiques que véhiculent les médias. Au minimum, déjà, en revenir à ce principe, celui de la défiance. Systématique. Appliquer aux médias le principe qu'Alain, toujours lui, appliquait à la *doxa*, à l'opinion : « Tout ce qu'*on* dit est faux. »

Pour pouvoir approfondir ensuite la réponse que j'avais timidement suggérée : si vous, les garçons, vous lisez moins que les filles, est-ce que par hasard ce ne serait pas que vous, les garçons, vous avez *honte de lire* ? Est-ce que vous ne penseriez pas, par hasard, que ça n'est pas très viril, que c'est un truc de filles et — pourquoi pas — de tapette, comme vous dites ?

Voir une autre histoire, plus loin.

Revenons donc encore une fois sur cette question de la formation des enseignants. C'est une question extrêmement délicate, qu'on n'aborde qu'avec d'extrêmes précautions. Mais, devant un échec patent du système scolaire, on est en droit de se le demander : la formation des professeurs (des collèges et des écoles) est-elle ce qu'elle doit être ? Dans les débuts de la massification, et pour faire face aux problèmes soulevés par la création du collège unique, on a eu recours à un bricolage généralisé. Ensuite, la volonté de créer un corps unique « de la maternelle à l'université », vœu récurrent du Syndicat des instituteurs, a contribué à un rapprochement entre le collège et l'enseignement primaire, ce qui n'a pas été sans effet sur la formation des maîtres.

D'où les drames que vivent à leur place et à leur tour l'école primaire et le collège. Le drame de l'école élémentaire, osons le mot, c'est d'avoir mis fin à cette formation généraliste que dispensaient les Écoles normales, et d'avoir jeté le futur instituteur dans les subtilités moliéresques du pédagogisme après une licence spécialisée, de lettres ou de sciences. Dans le meilleur des cas. Autrefois le futur instituteur était remarqué dès la fin du cycle primaire par son propre instituteur comme un élève particulièrement brillant qu'on suggérait aux parents de pousser dans cette voie. Longtemps après, combien de fois, professeur dans les premiers cycles universitaires, n'ai-je pas entendu un étudiant me confier : Je sens que ça ne marche pas trop bien, je vais faire professeur des écoles ?

Qu'on m'entende bien : il y a d'excellents maîtres et à tous les niveaux. Et celui qui est envoyé dans une classe avec un « bagage » académique insuffisant n'en est pas responsable. Pourtant, c'est une évidence : qu'on l'appelle instituteur ou professeur des écoles, ce dont il a besoin, c'est d'avoir acquis les connaissances de base dans des domaines aussi différents que l'histoire, la géographie, la grammaire, les éléments mathématiques. Rien de tel lorsqu'il sort d'une licence d'histoire ou de sociologie : on imagine son désarroi et son inquiétude quand il lui faut faire la différence entre la longitude et la latitude, ou exposer la réduction des fractions. Même chose pour les professeurs de collège pour qui se pose aussi, mais dans leur spécialité cette fois, la question d'une formation généraliste. À vrai dire, c'est la même chose à tous les niveaux : pour enseigner en premier cycle de lettres à l'université, une formation généraliste est préférable à l'obtention d'une thèse sur le sonnet à la fin du XVIe siècle.

A-t-on le temps de l'acquérir quand on prépare en quelques mois, pour ne parler que de ce que je connais, un Capes de lettres ? On songe à prolonger d'un an la formation : j'y souscris pleinement. À condition qu'on s'entende sur la nature et les contenus de cette année complémentaire. Il ne paraît pas bien nécessaire que ce soit une année de recherche. Entreprendre une thèse de linguistique ou de sémantique approfondie ne prépare guère à faire comprendre et aimer à des collégiens la littérature en général.

Mais quel magnifique projet ce serait, et combien enthousiasmant, celui de mettre en place le cursus complet nécessaire à l'exercice d'une profession utile entre toutes, celle de professeur de lettres ! (Même chose pour les maths, mais ce n'est pas mon domaine.) Il y faudrait de la philosophie et des langues anciennes, de l'histoire aussi (y compris des religions), de la linguistique sans aucun doute, de la grammaire et surtout une pratique raisonnée, construite, systématique, des grandes formes de la littérature. Nos départements littéraires des universités seraient-ils capables d'y répondre ? Incontestablement, mais au prix d'une refonte complète de leur organisation.

Mais, comme préalable à toute réforme, n'oublions jamais que l'idée *d'enseigner à enseigner* est une aberration. N'oublions jamais non plus qu'un professeur ne pourra jamais compenser les lacunes dans sa discipline par un entraînement sophistiqué à la didactique. Toute la rhétorique pédagogiste se fonde sur cet argument : on peut enseigner mal ce qu'on connaît bien. C'est parfois vrai. Mais il y a une autre vérité, incontestable celle-là : c'est qu'on ne peut jamais enseigner bien ce qu'on connaît mal.

## *Fat-food et fast-foot...*

ABDEL : Ici, on a l'habitude de faire tous nos aliments chez nous, c'est-à-dire qu'on n'achète pas des choses déjà prêtes, et on ne va pas souvent au restaurant.

JOHN : C'est complètement différent de nous, car on achète tout prêt et de plus on va souvent au restaurant, surtout le fast-food.

Comme petite pause pour se distraire, ces deux lapsus formidables que nous avons ensemble longuement commentés : le premier, « fat-food », qui place l'effet juste avant la cause (manger rapide, c'est devenir gros) ; le deuxième, « fast-foot », qui n'est pas un anglicisme mais plutôt le vieil écho d'un ancien mot, le faste. Le foot ne résume-t-il pas dans notre monde (et surtout dans le leur) tout le festif et le fastueux ? Le foot est en effet pour eux une fête bien plus qu'un sport — l'idée d'effort ne leur inspire rien de bon. Ils n'ont pas apprécié — c'était en aparté avec deux garçons — que je dise ne pas trop aimer les visages des supporters peints aux couleurs de leur club ou de leur nation, et les perruques. On vous dit que c'est la fête, Madame ! La fête et le fric. De la thune et s'éclater, qui dit mieux ? Quant à s'entraîner, c'est une autre paire de manches. Le plus décidé à faire une carrière de joueur, on l'a dit, ne joue presque jamais. Comme disait un jeune concurrent d'une quelconque *Star Ac* : Ah moi, ce que je voudrais, c'est devenir une vedette de la chanson ! *L'ennui, c'est qu'il faut d'abord faire un album.*

Résumé : Je voudrais être Zidane. Tu t'entraînes ? Non, pourquoi ?

... Ce qui me conduit à faire état d'une petite inquiétude. J'ai l'impression d'avoir davantage parlé avec les garçons. Sauf deux, qui m'ont remis de longs textes supplémentaires, des lettres, la plupart des filles sont restées beaucoup plus en retrait. Leur silence, voire leur froideur, je n'ai pas réussi à les percer. Est-ce que c'est comme ça, en général, voire toujours ? Les garçons moins timides et qui écrasent les filles ? D'où la violence avec laquelle elles les font taire, quand elles osent. Cela me rappelle une anecdote. À Perpignan, il y a quelques mois, j'étais sortie de mon hôtel pour fumer dans le parc voisin, mais je n'avais pas de briquet. Je vais demander du feu à un groupe d'adolescents assis sur une pelouse ; une fille se lève et vient m'en donner. Un garçon aussitôt la rejoint, la pousse, sort son briquet ; elle lui fait face avec violence : Barre-toi ! crie-t-elle. Barre-toi ! Le garçon recule, je me penche pour recevoir la flamme et je les quitte. Le visage de la fille a gardé une expression coléreuse.

## *Filles et garçons*

> ROSA : Viens voir les chambres ! Y en a deux ! Une pour toi et l'autre pour moi ! Moi je prends celle-là.
>
> SELPHY : Ce n'est pas moi qui vais prendre la rose !
>
> ROSA : C'est vrai que tu es plutôt garçon manqué !

Dans le chemin qui monte au collège, rares sont les groupes mixtes et, durant nos rencontres, même si les filles se mêlent aisément aux garçons au moment de la lecture finale, les groupes se reconstituent vite selon le sexe. J'observe ces comportements avec une curiosité détachée, réservant toute mon attention aux textes, au ton des lecteurs, à leur aisance ou à leur gêne dans la prise de parole. La mixité pour moi va désormais de soi, elle est inscrite dans la loi et dans les mœurs. Comme un immense progrès de l'égalité. Comme une victoire sur l'ordre ancien des choses, marqué d'une forte imprégnation religieuse, d'une surestimation de la virilité, d'une terreur de la fécondité et de la sexualité féminines. Dans la pure logique des Lumières, le triomphe de la mixité est celui de la raison sur l'obscurantisme…

En fait, les choses sont loin d'être aussi simples. Et dans ce domaine comme dans beaucoup d'autres, on s'expose à de cruels retours de bâton quand on se fie aveuglément à l'idée linéaire de progrès cumulatifs et irréversibles. Je ne parle même pas de ces affaires de piscines municipales, de ces demandes récurrentes d'horaires réservés aux femmes qui émanent régulièrement de milieux religieux orthodoxes, tantôt juifs tantôt musulmans. (Le seul exemple que j'ai pu observer d'un refus non religieux de la mixité, c'est à Berlin, il y a quelques années, celui d'un garage « réservé aux femmes » afin de protéger celles-ci des agressions sexuelles — au risque de flatter ainsi l'idée discutable que le Premier Sexe est un sexe de violeurs…)

Mais la nouvelle interrogation sur la séparation des sexes, c'est en milieu scolaire qu'elle s'est fait jour et pour des motifs qu'on ne peut effacer d'un revers de main. On a en effet observé de nombreux cas où, loin de favoriser l'égalité des sexes, elle l'entraverait plutôt. Dans la manière dont les professeurs eux-mêmes classent inconsciemment leurs élèves, sanctionnant par exemple plus lourdement les faiblesses d'un garçon que celles d'une fille dans le domaine scientifique. Dans la manière dont les filles elles-mêmes intériorisent ces prétendues dispositions naturelles jusqu'à en infléchir leur parcour ou leurs résultats. Les filles se voient ainsi chassées par les garçons des domaines de réussite prestigieux ou légitimes, comme les maths, et rabattues vers les domaines moins prestigieux, comme la lecture, le français, plus tard les études de lettres. Que les garçons renoncent difficilement à faire la loi dans la salle de classe, qu'ils interviennent plus souvent, et avec plus d'aisance, je l'ai constaté dans mes deux classes de troisième. Il est clair que dans les situations d'apprentissage, ou dans le rapport de force avec les enseignants, les garçons trouvent un nouveau terrain pour réaffirmer, non seulement leur différence, mais leur supériorité sur les filles ou les femmes : « moi, je ne reçois pas d'ordres d'une femme » (voir l'affaire ci-dessus des « deux moitiés » du cerveau). À cela s'ajoute l'importation dans la classe de traditions culturelles et/ou religieuses où l'infériorité des femmes est un dogme.

Mais on aurait tort d'en faire une question réservée aux établissements à majorité « beur ». Ce que j'ai lu, ou observé, ici ou là, montre le contraire. Bien des professeurs le confirment, et des parents, mais aussi nombre d'études spécialisées : la mixité entretient voire développe les stéréotypes de genre. En y repensant, c'est ce que j'ai vu dans « mes classes » : des garçons qui multipliaient les signes de leur « virilité », les filles, ceux de leur « féminité ». Et c'est visible, lisible, dans leurs textes. Quels signes ? Pour les garçons, outre l'aisance à prendre la parole, l'assurance pour affirmer qu'ils « n'aiment pas » ceci ou cela, la lecture ou l'histoire, il y a aussi toutes les attitudes corporelles de la désinvolture, la clownerie, la révolte jouée... Pour les filles, des signes « classiques » de timidité ou de soumission, même si cette dernière n'est qu'apparente et cache de grandes possibilités de violence, d'autant plus grandes qu'elle est plus contenue. Les garçons « attaquent », les filles « se défendent » : c'est si vrai que certaines filles, me dit-on, nouent un foulard autour de leur tête avant d'entrer dans la cité « pour avoir la paix ».

Encore une fois, prenons garde à ne pas nous focaliser sur les survivances chez eux de traditions peu favorables à la liberté des femmes. Notre société permissive et libérée offre aujourd'hui en effet un spectacle nouveau et inquiétant; celui d'une relance extrêmement contraignante des marques de la différence des sexes, après les années libératrices où les individus avaient la possibilité de jouer avec elles jusqu'aux limites de la confusion. J'ai trouvé sur Internet à mon retour un blog annoncé et rédigé entièrement en style SMS, où on peut lire ceci : « allé allé ds lé collège du 95 vs véré la vie drogue alcool viol violence racket », à quoi un internaute répondait : « c sa la vie », tandis qu'un autre s'insurgeait violemment contre ce stéréotype selon lequel un garçon serait forcément violent. Un troisième alors le prenait à partie : Tu veux quoi ? Qu'on devienne des tapettes ?

... Qu'on imagine comme c'est facile d'être un adolescent de Pontcarral, pris entre des images traditionnelles de dévalorisation des femmes et des images modernes hypersexualisées, souvent empruntées aux vidéos pornographiques où la « libération » de la femme se traduit par le nombre et la violence des demandes sexuelles qu'elle assouvit ! Je ne sais pas ce qu'il en est à Toulon mais, d'après certaines statistiques, près d'un enfant de onze ans sur deux, dans la région parisienne, a déjà vu au moins un film porno extrêmement *hard*. Quant aux filles, ce n'est pas mieux : à l'horizon peut-être un jour le voile comme déjà sur la tête de quelques grandes sœurs, pour obéir aux grands frères et avoir la paix avec les garçons. Et en même temps, aux rayons des supermarchés, des strings rouges avec un cœur brodé extrêmement suggestif...

Subir dès l'âge de treize ans l'assaut d'images d'une sexualité extrêmement violente ne peut pas être sans conséquence, ni sur l'avenir de ces enfants, ni surtout sur leurs rapports au présent, jusque dans les salles de cours. Le sexe de l'homme est conçu comme un outil, un instrument, voire une arme : on m'a raconté que, dans certains groupes, une des façons de punir une fille consistait à la tenir fermement tandis qu'un garçon lui fouettait le visage de sa verge. Et on m'a cité le cas à Paris d'un collège où un très jeune garçon avait exigé une fellation d'une (petite) fille sous la menace d'un cutter. Ce ne sont pas les meilleures conditions pour réaliser une mixité heureuse et épanouissante.

Est-ce une raison pour revenir en arrière ? Évidemment non. Mais la situation de mixité impose à l'évidence une vigilance nouvelle face au déferlement d'images et de modèles dont elle subit le contrecoup, et qui annule souvent ses effets libérateurs. Il paraît donc indispensable qu'elle devienne l'enjeu d'une réflexion collective, et d'un travail commun aux élèves et aux enseignants. Sur les questions de sexe et de genre. Sur les modèles qu'on accepte chaque jour dans la publicité, dans le divertissement télévisé. Sur le commerce des images pornographiques. Est-ce qu'on ne pourrait pas parler aux adolescents, par exemple, de cette affreuse pratique qui consiste à donner aux actrices porno des anesthésiants pour qu'elles ne grimacent pas pendant qu'on les filme ?

... Comme il est normal, au cours de ces rencontres, je suis prise par les exigences du moment et la vivacité des situations vécues. Et j'oublie ces drames de la mixité. Mais j'y repense à nouveau fugitivement, quand je les vois arriver au collège par petits groupes aussi séparés que dans les malédictions de la Bible (« les deux sexes mourront chacun de leur côté »), me rassurant ensuite quand une fille rejoint le groupe des garçons, son texte en main, pour jouer un personnage masculin qui manque; m'inquiétant l'instant d'après, quand je la vois reprendre ensuite sa place dans un groupe compact de filles, sérieuses, silencieuses, presque fermées.

Et qui aiment lire, en tout cas beaucoup d'entre elles.

## *Former le jugement*

> NADER : Mais il n'y a que comme ça qu'on peut gagner beaucoup d'argent.
>
> KENZA : Non, tu n'as qu'à chercher un métier au lieu de dealer.
>
> NADER : Oui, mais dealer c'est facile, et l'argent, vaut mieux le gagner comme cela.

Il y a une incroyable dimension éthique dans tous leurs textes; je ne dis pas morale ou moralisatrice. Mais la plupart de ces adolescents fictivement mis en scène par les collégiens sont en proie à de grandes interrogations sur le bien et le mal, sur ce qu'il faut faire et ne pas faire. J'en viens donc à me dire que c'est une des choses qui constituent le cœur de cette demande que j'avais du mal à définir. Ils attendent de nous qu'on les aide; qu'on les aide à s'instruire, peut-être, à trouver ensuite un travail, peut-être. Mais plus encore à trouver leur chemin.

Au fond ça tombe bien et je suis contente d'en prendre conscience. Car dans le train du premier retour, lorsque je m'étais anxieusement demandé ce que j'attendais essentiellement du passage de tous par l'école jusqu'à seize ans, je n'avais hésité qu'un court instant. Je m'étais dit : *j'espère qu'on va les aider à former leur jugement.* Ce qui est bien autre chose que ce qu'on appelle aujourd'hui un apprentissage « citoyen », ce mélange d'écologie et de devoir de mémoire…

« En toutes choses, et à chaque moment, écrit Alain, il faut juger. » L'instruction doit mettre au premier plan la formation de citoyens éclairés. Ce qui est bien autre chose que ce qu'on appelle aujourd'hui un apprentissage « citoyen », ce mixte d'écologie et de devoir de mémoire. Se donne-t-on la possibilité d'y pourvoir, si on abandonne l'enfant, l'adolescent, aux pulsions du vécu, sans la protection et le secours des mots, donc des livres, et de la pensée ? S'étonnera-t-on, après, si l'image plus que le raisonnement détermine aujourd'hui les choix politiques ? Mais il y a juger et juger : juger n'est pas faire entendre la voix de la norme, de la tradition, de la coutume, du on-dit. Or que ce soit dans les textes qu'ils ont écrits ou dans les commentaires variés auxquels nous nous sommes livrés ensemble, « mes » élèves ne se privent pas de faire entendre sur les hommes et les femmes, sur le destin des uns et des autres, sur l'amour, sur la mort, sur la vie quotidienne, des opinions qu'on ne pourrait pas toujours qualifier d'« éclairées »… La plupart de ces jugements vont « de soi » pour ceux qui les expriment : autant dire que ces jugements relèvent souvent de ce que les Grecs, toujours eux, appelaient la *doxa*, transmise par la famille, le groupe de camarades, la télévision, Internet. Mais il y a des moments aussi où ils s'aventurent, et tâtonnent visiblement au bord d'une réflexion personnelle. Alors, me dis-je, aidons-les. Donnons-leur les instruments nécessaires pour passer de la *doxa* à l'opinion réfléchie ; à mettre en doute ce qu'« on » dit ; à s'appuyer sur la logique, les connaissances de la science et des mathématiques, la pratique d'une langue articulée. Montrons-leur dans les textes des situations inépuisablement variées, à travers l'espace et le temps. Car, qu'on soit un jour médecin (peu à la Marquisanne y parviendront), ou plombier, ou fusilier marin (comme B. en rêve), on a besoin d'un jugement bien formé, armé, dont dépend la vie en commun, et cette fameuse acceptation de l'« autre ». À un enfant, à un adolescent, qui me dit ou me dirait « les Sénégalais sont paresseux » ou « les femmes n'ont pas le sens de l'orientation », je répondrais : D'où tu tiens cela ? Qui te l'a dit ? Saper l'opinion fausse — et peut-être toute opinion —, rien n'est plus beau, et plus utile. Et ça peut se faire à tout moment, et avec l'appui de toutes les sections d'un savoir adapté à l'âge de ceux à qui on l'apporte. Transmetteurs d'opinions droites, qui alors sont vérités, soit de la science soit de l'expérience, pas de plus beau métier : c'est cela, être professeur.

L'école le fait-elle ? Le peut-elle ? Je ne sais pas. Je vois plutôt avec tristesse comment plus d'un siècle d'école obligatoire aura plutôt fait disparaître ce « bon sens », ce sens droit, que beaucoup possédaient, et possèdent encore, sans être passés par « les écoles ». Mais qui ne vient pas de rien. Que la tradition, l'échange, l'expérience, le travail (en particulier celui des mains) avaient pendant des siècles contribué à former et à transmettre. Je comprends pourquoi Pasolini, dans un de ses derniers textes, les *Lettres luthériennes*, effondré de voir comment l'énorme effort de rénovation pédagogique (et il parlait il y a plus de trente ans) avait achevé de faire perdre la boule à la population ouvrière et paysanne, disait : fermons les écoles pendant vingt-cinq ans et après on verra...

# *Flic ou infirmière ?*

LE CHEF DE POLICE : Ne mentez pas ou je vous embarque tout de suite sans chercher à comprendre.

Évidemment, non, il ne faut pas fermer les écoles... On a besoin, ils ont besoin de l'école, cela me saute aux yeux quand, au moment de nous quitter fin juin, je sens un trouble, un flottement : comment on fera pour se revoir l'année prochaine ? me disent certains. En effet : comment ? La dispersion imminente qui les inquiète, bien plus que de ne pas me revoir, évidemment, aura lieu, irrévocablement, et ils ne retrouveront pas en seconde la protection dont ils ont joui, même s'ils l'ont vécue comme une contrainte, pendant quatre ans.

Me revient ce dialogue où deux adolescents envisagent leur avenir : Je ferais bien infirmière, dit l'une. Ou peut-être flic. Quand je lis ce passage tout haut, je suscite des rires : c'est pas pareil ! Pourquoi ? Quelqu'un suggère : Parce qu'il y en a une qui fait du bien aux gens. Et l'autre, dis-je, du mal ? Ils ont envie de dire oui, mais ils hésitent. Ils hésitent, parce qu'ils sont partagés. Au fond, il faut un peu des deux, dit alors une voix.

Flic ou infirmière, flic et infirmière, c'est justement ce que trop souvent on demande aux professeurs d'être aujourd'hui, et il est normal que ça ne leur plaise pas trop. Ils sont là pour enseigner, non pour garder, surveiller et consoler... Et pourtant quand on est un adolescent, dans le monde actuel, c'est bien de ça qu'on a besoin : d'ordre et d'autorité; d'attention et de soins. Quelque chose dont on ne sait pas, sur le moment, si ça fait du mal ou du bien. Ça n'est pas incompatible avec la transmission du savoir. C'en est même sûrement la condition. Et, en quittant Toulon, j'ai moins de doute là-dessus que jamais : il m'a suffi de voir comment ces professeurs avec qui j'ai travaillé le mettaient en pratique avec une résolution quotidienne, constante. Avec sûrement de grands moments de découragement, dont ils ne m'ont pas parlé. Et en les regardant faire, je me disais : c'est un fragile barrage qu'ils dressent contre l'inacceptable. L'inacceptable? Oui, parfaitement, j'ose le mot : c'est ce qui se passe quand une fraction de la jeunesse d'un pays est laissée au bord de la route. Et privée du secours essentiel de la langue — de sa langue.

L'école ne peut pas tout? Assurément non. Mais si elle cède, alors tout est perdu. Qui assumera auprès de la jeunesse ce rôle de *cultiver, vivifier, édifier, attendrir, apaiser,* dont la société a tant besoin? Si ce n'est les professeurs?

C'est ça aussi que j'ai appris à la Marquisanne : à quel point la société a besoin de ses professeurs.

*À trois reprises* 13

Jésus 21
Ce qu'il aurait vu... 23
Allers-retours 27
Couloirs : clairs, gais, propres, plantes vertes et ventilateurs 32
Comme une menace pourtant 34
Absents 41
Ce qu'on appelle une prostituée 45
Beurs 48
Ce que je veux faire ? Pute 51
Cercles concentriques 55
Religion 58
Orientation, encore 59
Démagogies 63
Démagogies (encore et toujours) 71
Attachants 73
Des mots et des coups 77
Résistances 81
L'école entre défiance et confiance 84
Racisme (la question des apparences) 91

L'éducateur 95
Des livres, et encore des livres 97
« Nous, on n'aime pas lire » 100
On me dira... 104
Échec 108
Offre et demande 111
Antiélitisme 116
Les besoins de base 118
« Le Dormeur du val », derechef 121
La technique 124
Courroux 127
Le sentiment qu'on a donc pour conclure... 130
Sanctuaire 133
Les deux moitiés du cerveau 139
Fat-food et fast-foot... 144
Filles et garçons 146
Former le jugement 152
Flic ou infirmière ? 156

*Œuvres de Danièle Sallenave (suite)*

*Aux Éditions Actes Sud*

LES ÉPREUVES DE L'ART.

*Aux Éditions des Femmes*

VILLES ET VILLES.

*Aux Éditions Bayard*

L'AMAZONE DU GRAND DIEU.

*Aux Éditions Michalon*

LETTRES MORTES.

*Aux Éditions Stock*

CARNET DE ROUTE EN PALESTINE OCCUPÉE.

*Aux Éditions Textuel*

À QUOI SERT LA LITTÉRATURE ?

NOS AMOURS DE LA FRANCE (en collaboration).

*Traductions :*

Roberto Calasso : LE FOU IMPUR (*P.U.F.*).

Pier-Paolo Pasolini : LA DIVINE MIMESIS (*Flammarion*).

ORGIE (*Actes Sud*, « Papiers »).

Italo Calvino : SI PAR UNE NUIT D'HIVER UN VOYAGEUR (*Seuil*, en collaboration avec François Wahl).

*Ouvrage composé*
*par Dominique Guillaumin, Paris.*
*Achevé d'imprimer*
*par l'Imprimerie Floch*
*à Mayenne, le 3 décembre 2008.*
*Dépôt légal : décembre 2008.*
*Numéro d'imprimeur : 72590.*

ISBN 978-2-07-012384-1 / Imprimé en France.

**163850**